玉手箱から

masako kawasaki

川崎雅子

ふらんす堂

目次／玉手箱から

エッセイ集

玉手箱から

松尾芭蕉という偉い先生

私の育った家には、毎年、八百屋の城内商店から団扇のお中元が届いた。その団扇には俳句が書かれ、それに添った絵が描かれていた。小学三年生の夏休み、その団扇に奇妙な絵が描かれていた。その絵のことを側にいた祖父に聞くと、祖父はかすかに笑いながら鵜飼舟のことを教えてくれ、声を改めて

おもしろうてやがて悲しき鵜舟かな　芭蕉

と句を読み上げた。そして「これはな、松尾芭蕉という偉い先生の俳句や」と言った。私は子ども心にも悲しい思いにおそわれてしまった。「悲しき」の言葉に反応したのだと思う。その時のかすかな悲しみは、それよりも幼い頃に祖母から聞かされていた浦島太郎の話に感じたものと似ていた。乙姫様からもらった玉手箱を開けたとたんに白髪の老人になった浦島太郎。幼いながらに、恐怖のまざった悲しみを感じたもの

だった。祖母は「遊んでばかりいると、すぐ白髪の年寄りになるんやぞ」とかならずお説教を言い足した。

玉手箱といえば、人は生まれたときに神様から箱を授かるという。私も小さな箱をいただいた。空っぽだった箱が、いまでは思い出で蓋が閉まらないほどになった。今回、俳縁のあった方々とのことを書くことになった。瑣末な箱を開けることに迷いはあったが、私自身、懐かしい方々と会えることを楽しみたいと思う。

芭蕉のことを教えてくれた祖父は、その二年後の大晦日に病死した。その五日前に、祖父が病臥していた部屋の襖が開けられ、私と従弟二人は祖父と対面した。祖父は寝床に座っていた。私たち三人は、祖父が死ぬことを聞かされていたので、子どもながらにも死ということの大事を思い、かしこまっていた。祖父はおだやかにニコニコと笑顔で私たちを見るだけであった。私は死というものと初めて対面したのだった。死は怖いものではなかった。祖父は、商売人の家にあって、ひとりもの静かな人であった。「本を読むのは横着者や」という家にあり、誰もが忙しく働くなかで、いつしか祖父のことも、ましてや芭蕉のことも、私は忘れていった。

次に芭蕉の名を印象したのは、中学三年生のときであった。当時、卒業を前にしてサイン帳を交換することが流行っていた。私は片想いの人の机の中にそっとサイン帳を入れて、それが返ってくるのをドキドキして待った。サイン帳は返ってきた。そこには

山路来て何やらゆかしすみれ草　芭蕉

の句が書いてあった。「あぁ！　松尾芭蕉！」と私は驚いてしまった。片想いのその人は同級生の誰よりも大人びた人だった。「やっぱり、ちがうなぁ」と思った。だが、私には「芭蕉という偉い先生の俳句や」と言った祖父の言葉が不意に思い出されたのだった。

若い時から一人暮らしをしていた私は昼夜働き、休日には内職をして生計を立てていた。そんな無理が続くはずがなく、私は病気を次々に発症し、あげくに交通事故に遭い、二十代後半の大方を病院のなかで過ごした。病院に運ばれた私は、しばらくの間は「働かなくていいんだ」とほっとした。しかし、日が経つにつれ、はげしい焦燥感におそわれた。何とかそのことから脱出することができ、やっと社会生活に戻ったときには三十歳になっていた。仕事も結婚話もなくなってしまった。そんな中で私は

人に恵まれていた。家賃を待ってくれた家主さん、俳句の話をしてくれた看護師さん、資格をとるように勧めてくれたバイト先の店長さんなど、この人達がいなければ、私は生活さえおぼつかなかっただろう。そして、俳句へ繋がることもなかっただろうと有難く思い出す。

そんな私だったが、三十歳を過ぎてから、タイピストとしてT社に就職することができた。タイピスト学校が推薦してくれたのであった。当時は「一般事務員は二十三歳まで」と求人案内に書き込まれているような時代だった。

今日は句会に行きますよ

柳田義一氏はT社の監査役であった。氏は私が履歴書に書いた、「趣味・俳句」に目をとめられたのだった。当時の私に趣味などなかった。仕方なく書いたのだった。ある日、その柳田監査役から「来るように」との社内電話があり、タイプの用だろうと部屋に伺うと「最近できた句を書いてください」とメモ用紙を差し出された。そのことが私をぐんと俳句に近づけたのだった。

花火師は花火打ちあげ空を見ず　柳田義一

次に柳田さんから呼ばれたとき、氏は「ほら！」と毎日新聞の兵庫文芸欄を示された。そこには赤尾兜子選に私の句が載っていた。それは先日、苦しまぎれに書いた三句のうちの一句だった。氏は「この人が私の俳句の先生や」と悪戯っぽく笑われた。柳田さんは、赤尾兜子主宰「渦」の同人であった。

初めて目にした赤尾兜子という名を、私は「坐りのええ名前やなぁ」と思ったのだから呆れたものだ。実は私はその前にも新聞の文芸欄に投句し、加藤楸邨の特選を得ていた。加藤楸邨は、教科書で知るかぎりで好きな俳人であった。嬉しかったが、それはそれまでで、「まぐれだろう」と作句を続けようとは思わないでいた。それよりも生活を立てることの方が重大事であった。

その後も柳田さんは私から句を聞き出しては、赤尾兜子選の毎日新聞兵庫文芸欄に投句してくださり、三か月後に兜子選の特選になった。

祖父母に育てられた私は、柳田氏と話したり食事をしたりすることに少しも抵抗がなかった。むしろ俳句の話を聞けるので嬉しいことであった。ある日、氏から「今晩あいていますか」とお誘いがあった時も、二つ返事で出かけたのだった。すると氏は「今日は句会に行きますよ」と言われ、尻込みする私を「渦」神戸句会へ連れていかれた。

その句会は私の想っていたものとは大違いであった。先ず無記名で作品が出されることに驚き、メンバーの誰もが自由に発言されるのに驚いた。この句会は大河双魚氏の指導で、幹事は桜井照子さんであった。メンバーには「白堊」の板垣鋭太郎さん他男性が多かったが、若い女性もいた。私はこの句会に出て、初めて俳句結社というものがあることを知った。そして、柳田さんからは「俳句研究」を、句会で知り合った竹内和子さんからは『三橋鷹女全句集』を借りて読んだ。さらに、『橋本多佳子全句集』、赤尾兜子の『歳華集』を買って読んだ。私の少ない小遣いは、たちまち本代に消えていった。当時、俳句の本は高価であった。

それまで俳句の本を読んだことのなかった私には、どの本の句も眩しかった。その後、「俳句」、「俳句研究」、「俳句とエッセイ」の俳句総合誌を年間購読した。私は闘病の日々の代りに、俳句の日々を神様からプレゼントされたのだった。

話はそれるが、T社に入社した私は、城山三郎の『鼠』を読むように総務課長に勧められた。『鼠』は鈴木商店の興隆から滅亡までを米騒動を背景に、大番頭金子直吉を主役にした小説であった。経済史に残る金子直吉という人物が魅力的に描かれていた。『鼠』では、金子は鈴木商店の解散にあたり、後の神戸製鋼所、帝人、日商他を残すことに尽力し、退職する社員には相応以上の退職金を与えたとある。そして、鈴木家のために立ち上げたのがT社であったとある。金子直吉には私欲がなかった。

ベルの音も届かずなりぬ冬の門　白鼠

影もちて重なる星や天の川　せん女

白鼠は金子直吉、せん女はその夫人徳である。柳田氏は金子と並ぶ番頭柳田富士松の長子であった。『鼠』は小説としても面白かったが、稀代の起業家金子直吉の俳句が印象に残った。江戸川乱歩が鈴木商店の関連会社に在籍していたことも知った。せん女については、松岡ひでたか氏の労作『金子せん女素描』に詳しい。T社は資料の協力をした。また、伊丹三樹彦が「俳句研究」に「ある変身―笛彦から三樹彦へ」と題して金子せん女の思い出を書いている。三樹彦は「笛彦さん、笛彦さんと先輩に可愛がられた。特に金子せん女に目をかけて貰った」とし、せん女は躾に厳しかったとも書いている。せん女の「ホトトギス」初登場は、大正五年二月号の募集俳句であり、兼題は、雑煮であった。

雑煮すや朝汐ゆるく浜によす　せん女

その後、せん女は大正八年三月四日、長谷川零餘子居で開かれた句会に出席し、以後、零餘子夫人かな女と姉妹のような親交を続けた。句集に『夏草』がある。

せん女は「水明」での活動とは別に、金子の書生たちに作句を勧め、手ほどきをしていた。なかで、後にT社の専務取締役になった橋本隆正は、経済界で知遇を得た永田耕衣に長く師事した。私は、永田耕衣が三菱製紙のたたきあげ部長だと教えられた。そのことは、城山三郎が『部長の大晩年』で書いている。

赤尾兜子先生は若かった

私が赤尾兜子先生に初めてお会いしたのは昭和五十年十二月初旬であった。その日、柳田さんのお供で「渦」の関西合同忘年会に参加して、兜子先生にまみえた。柳田さんは、いつものように自然にしかも必然のように「明日、会社がひけたら、渦の忘年会に行きましょう」と誘われた。「はい」と返事したとき、私は好奇心で頭の中がいっぱいになっていた。

忘年会は大阪の東洋ホテル内の中華料理店で行われた。宴の席は丸テーブルが何卓か据えられた畳の部屋だった。会場に入ったとたん、私の好奇心は場違いとの思いでしぼんでしまった。料理の味などまったく覚えていない。それでも、兜子先生はあの人だなと、ちらちらとそのお顔を見ていた。そして、兜子先生のすべてに驚いた。先生は若かった。痩身で大柄であった。先生は俳壇のことでひどく怒っていられた。とにかく、私の概念のなかでの俳句の先生ではなかった。

宴も終わりに近づいたとき、突然「そこの人、こちらへ」と兜子先生の声が私に飛んだ。柳田さんにうながされ、先生のテーブルに行った。そこには小泉八重子さん、三宅美穂さんという「渦」の幹部同人がおられた。先生は「あんた、僕が新聞で特選に選んだ句を言うてみなさい」と言われた。私は自分が自分でないような状態で返事すらできずにいた。先生は少しいらだった様子で「あんた自分の句が言えんのか」と言われた。私は必死で

菊の上に子針ははやし花時計　雅子

の句を披露した。二人の先輩女性は優しく「いい句やねぇ」と私を見られた。私は頭の芯が熱いままに席にもどった。すぐ後に、やっと（私にはそう思えた）宴は木割大雄さんの三三七拍子でお開きになった。三三七拍子に私は驚いた。

その日、私は多くの「渦」の人に会ったが、赤尾兜子先生、小泉八重子さん、三宅美穂さん、木割大雄さんの四人しか覚えていない。アパートへ帰る坂道で私は「渦」に入会することを決めた。夜空が美しかった。

患ひて檻を出る猿夕あんず　八重子

栗の毬とつくに退屈してゐたり　美穂

と句柄の違うお二人は、容姿も小泉さんは優雅、三宅さんはどこかボーイッシュな感じの人であった。

兜子先生に初めてお会いした時の「渦」九十六号（昭和五十年十一月・十二月号）をひもとくと

生田神社観月祭

美《よ》き女神右より廻れ月の杜　兜子

の句が見られる。この句は句碑になり、兜子先生の見事な字で鳴戸の蓮花寺に建立されている。歳月を経て、大井雅人先生と「柚」の仲間とでその碑を訪ねたことがある。

「渦」誌は俳句論、俳句評などでも知られていたが、この号では安住敦が「椿と紛う」と題して『歳華集』の句を鑑賞し、詩人の多田智満子が俳句論「短さへの志向」を書いている。

「渦」関西合同句会忘年会は、私の生き方を変えてしまった。兜子先生にお会いして、私は「俳句は遊びではない」という思いがした。

朧夜や画けば目ばかり大きな貌　　竹内和子

そんな私に句友ができた。竹内和子さんという才媛である。「渦」神戸句会で知り合った。竹内さんは無知な私に電話をくださり、手紙をくださり、俳句の話を熱心にしてくださった。橋本多佳子、三橋鷹女の句集を読むことを強く勧められもした。そして、兜子先生がもたれた「毎日俳句教室」（毎日新聞社主催）への参加を勧められた。私は直接、兜子先生の指導を受けられるので喜んで入会したが、月曜日の昼間のことで、会社の勤務があり欠席気味であった。欠席すると、竹内さんは必ず封書で、その日のもようを知らせてくださった。竹内さんは病身でいつも静かに微笑しておられたが、俳句に対する情熱を隠されることはなかった。

竹内さんの病状が良くないことを知ったのは、兜子先生書、中西勝先生絵の「詞画二人展」が大阪の今橋画廊で行われたのを二人で観に行った帰途であった。竹内さんは「あのね、私、一枚買ったのよ」と嬉しそうにしておられたが、急に立ち止まって

「先に帰って！」と胸を押さえられるのであった。もちろん、そんなことが出来るわけがなかった。昭和五十二年四月のことであった。今橋画廊の階上から、メガヒットとなった、もんたよしのりの「ダンシングオールナイト」が大音響で流されていた。今橋画廊の二階に、もんたよしのりの事務所があった。

それから竹内さんは句会を休まれるようになった。私に「家族はたいしたことはないと言うけれど、私は自分の身体のことはよくわかるの、あなたとお会いすることもなくなると思うの、俳句を続けてね」といった手紙が届いた。その後、日をおかず、竹内さんは亡くなられた。短い交流であったが、その静かな姿が思い出される。竹内さんの死から、私は俳句に真剣に向かうようになった。それは無手勝流のお粗末なものであったと思うが、夢中で俳句の本を読み、句を作った。竹内さんは、本当の俳句へと導いてくださった人であった。

その頃の「渦」には若い会員が多く、「二十代、三十代特集」が二回にわたり組まれた（昭和五十三年六月号、七月号）。志摩龍史、寿賀義治、鈴木弓湖、竹本富夫、西村智治、花房八重子、藤原月彦、堀之内勝衣、大路彦堂、川崎雅子、木割大雄、児島庸晃、さとう野火、志村宣子、西川徹郎、野田雄三、降旗幸子、門谷杜人、吉岡純子

の十九名の競詠であった。その中で

花冷えの花敷きつめよ青春忌　智治
百年前の春の煙が我ならむ　月彦
紐多き靴に名を書く青嵐　八重子

の作品に惹かれ、その後、毎号この三人の作品に注目するようになった。なかでも西村智治さんの句に惹かれた。

歯ぶらしをしづかに用ひ能登の冬　智治
労労の橋を埋めよ燕子花

など、彼の句はいまも愛誦している。

藤原月彦さんは現在、歌人藤原龍一郎として高名である。当時の彼は「渦」のスターであり、俳壇のホープであった。「渦」では常に巻頭圏にいた。自分の創った世界を句に詠みこんでいる藤原さんは、私には別の世界の人であった。しかし、実際に会った藤原さんは感じの良い青年であった。丸い眼鏡をかけニコニコしていた。顔つきも優しかったが、何よりも声が優しく、物腰がやわらかであった。

「渦二十代、三十代特集」の作品について、「寒雷」の石寒太さんが鑑賞文を書いてくださった。寒太氏もまた三十代半ばであった。

「渦」神戸句会の人々

私は「渦」神戸句会に籍を置いた。指導者の大河双魚先生は古武士のような風貌で、赤尾兜子先生への畏敬は徹底していた。大河先生は、当時スチュワーデスとして搭乗されていたご息女を、全日空の事故で亡くされ、ほとんど表に出られることがなかった。そんなこともあり、親しくならないままであった。赤尾兜子先生没後、私は「渦」を退会することを手紙一本で大河先生にお伝えした。私のなかで、そのことは小さな棘となっていた。

桜井照子さんは教職にあった人で、満月のような丸顔で、ニコニコとそしてキビキビと幹事をしておられた。桜井さんの兜子先生に対する敬慕は特別なものであった。「兜子先生は電話魔なのよ。よく長電話になるのよ」と嬉しそうに言って、私を驚かせた。兜子先生は俳句の女弟子として小泉八重子さん、三宅美穂さんを大切にされるのとは別に、桜井さんには私事の悩みなども話されていたようだった。後年、桜井さんが交換教師として中国に行かれなければ、兜子先生の鬱病は重くならずに済んだのではないかと私は思うことがあった。それは誰にも言えないことではあったが。

昭和五十三年夏、桜井さんは眼窩に腫瘍ができ、句会の幹事を私に託し、手術のため入院された。病状が落ち着かれた頃、私は桜井さんを見舞った。句会のことを報告し、なんでもない話に笑い興じていたとき、不意に兜子先生が病室に入ってこられた。先生は私のいることに、一瞬、戸惑った様子だったが「やぁ」と挨拶された。私はあわてて「先生、煙草を買ってきます」と病室をでた。先生はわかばを吸っていられた。わかばを売っている店は少なく、私は知らない町をさがし歩いた。やっとわかばを手に病室にもどると先生は「やぁ」と、軽く手をあげて礼を言われた。

後日、桜井さんから、「川崎は気をきかせたんかなぁ」と兜子先生はおかしそうに笑われたと聞いた。私は嬉しかった。「渦」では先生に呼び捨てにされると、やっと「渦」人と認められたと言われていた。だが、よく考えてみると、あの場合は「失礼します」と帰るのが気がきいていたのだと恥かしく思った。桜井さんは完治されたが、句会は休まれた。

その後、桜井さんは交換教師として中国に行かれた。中国からの便りには「眼がキラキラしている」と学生のことを書かれ、質素な生活ぶりが書かれていた。当時の中国の多くに衝撃を受けておられるようであった。桜井さんは、兜子先生が亡くなられたのち、『赤尾兜子全句集』の編集に協力され、そのことを最後に俳句を離れられ、神戸からも離れられた。

片山英一さんも忘れがたい人である。片山さんは印刷業界に尽力された実業家であった。そして、学生時代から神戸山岳会に属され、そこでも大きな功績があった。「渦」神戸句会には、写真家の岩宮武二氏の紹介でこられた。片山さんは岩宮先生に師事され、写真の個展もよく開かれていた。その写真の多くはブータン（当時国交はなかった）へ足を運ばれてのものであった。幸せの国といわれるブータンの清新な青空が写し出されていた。子供も大人も日本人と同じ顔つきであった。そして、日本の筒袖のようなものを着ていた。ただ、違うのはその笑顔だった。嘘のない実に素晴らしいものであった。私は片山さんの写真展にいくと、自然に笑顔になった。片山さんは、私が「渦」を退会したのちも、写真展の案内状を送ってくださった。ある年の写真展で、パキスタンの親子の写真の前にいる私に「その写真がお好きですか」と声をかけてくださり、その後、その写真パネルを送ってくださった。その写真は今も額に入れて飾っている。私は、その写真の親子に微笑みをもらっている。

　片山さんは兵庫県の荒れた山肌にブナを植えるという有意義な活動もしていられた。それはブナが水をよく吸う樹なので、山水害を防ぐことや田水になるからと始められたと聞き、私も「ブナを植える会」に入会した。母とブナの苗植えに参加したとき、片山さんはその山村から感謝状をもらわれた。いかにも嬉しそうな片山さんの顔が忘れられない。勲四等瑞宝章ほか多くの賞をもらわれた片山さんが最も喜ばれた賞であったと思う。感謝状を渡された村の代表の方は、雨降りでもないのに長靴を履いていられた。私はその人のことも忘れられない。

　平成九年、片山さんはブータンの写真集『私のブータン』を出版された。オールカラーの立派なものだった。その出版記念会が神戸オリエンタルホテルで開催され、私も喜んで出席した。片山さんを私は「春の山のような人」と思っていたが、この日の片山さんは正に春の大きな山のようであった。この記念会には、神戸山岳会の人たちをはじめとして多くの人が集っていた。盛大だったが穏やかな会であった。その会で、お祝いを打診された片山さんは「ブナの苗を」と言われたそうで、そのことを司会の方が披露されたとき、会場は拍手の渦になった。その後、片山さんは亡くなられた。

あの日、すでに病状が悪かったと聞いた。そのような中で、片山さんはそのことには少しもふれず、静かに十分に、私たちにお別れをされたのであった。

話は前後するが、「渦」では地味な存在であった神戸句会も、昭和五十三年頃には、宮本輝昭さん、吉田等子さんら若手の参加で活力のあるものとなった。その頃、神戸新聞では、その地方版に句会案内を載せてくれていた。「渦」神戸句会の案内も載せてもらっていた。そして、和田悟朗先生の初心者教室が開かれることになった。

和田先生は知的な人であったが、笑われると少年のようであった。その頰は紅色であった。先生はご自分のことを「ぼく」と言われ、エッセイにも「ぼく」と平仮名で書いていられる。先生ほど「ぼく」の似合う大人を私は知らない。

芒原太陽を見ていて迷子となる　悟朗

このような大らかな句を作る和田先生によって、私は俳句に親しみを覚えた。二十代後半を入退院で過ごした私にとって俳句は救いであった。私は目の前に現れた新しい世界に夢中になった。もっと言えば有頂天であった。

「渦年次大会」のいろいろ

私は昭和五十年に「渦」に入会し、翌年六月には早くも「渦百号記念年次大会」に出席した。ゲストは桂信子、鈴木六林男という豪華なものであったが、会場は箕面の国民宿舎の畳の広間であった。桂信子先生は終始ニコニコと座していられた。鈴木六林男先生はベレー帽をかぶり、背広を前後ろに着て愉快な座り芸をして場を盛りあげて下さった。

桂先生と鈴木先生には、その後すぐに東大阪で行われた俳句シンポジウムでお目にかかった。会が退けた後、お茶でもと句友とビル内の喫茶店にいくと、シンポジウム帰りの人で満席であった。運悪く桂先生と宇多喜代子さんのかけていられるテーブルしか空いていなかった。宇多さんの「どうぞ」の声に、そのテーブルでコーヒーを飲んだ。ワンピース姿の宇多さんは、ほっそりとした都会的な人であった。

その後、私たちは木割さんについてスタンドバーのような所に行った。鈴木六林男先生懇意の店ということであった。ドアを開けると、鈴木先生と久保純夫さんが、すでにカウンター席に座っていられた。「鈴木さんのおごりや」と木割さんは言ったが、どうだったのか。私と句友はビールを二、三杯飲んで、木割さんを残し、支払いもせずに店を出た。ずいぶん厚かましいことであった。

その日から二年ほど経った頃、偶然、桂先生を神戸三宮の交差点でお見かけした。私は対面側に立って信号の変わるのを待っていた。信号が青に変わったが、ご挨拶するのはご迷惑と思い、知らぬ顔をしていた。それなのに桂先生は、すれ違うとき、優しく会釈をしてくださったのである。「草苑」の同人に「桂先生は同人、会員すべての人のリストを作っておられるのよ」と聞いたことがあったが、そのお人柄を実感し、その記憶力に感じ入った。

話をもどそう。「渦年次大会」は、毎年六月に行われた。兜子先生が六月には体調が良いということでの設定であった。大会での先生は、袋廻しやゼスチャーゲームに参加され、大いにサービスされた。

先にふれたように昭和五十一年には「百号記念会」として箕面で、昭和五十二年度は竜野で開催。ゲストは加藤三七子氏であった。この年は会の始まる前に同人総会が行われた。この時、兜子先生は話のなかで「今の俳壇で、信頼できるのは飯田龍太だ」と言われた。私はこの言葉が頭に残った。昭和五十三年は近江八幡。この時、秦夕美さんを初めて見た。私はその少し前の号の「渦の十句」で、〈しんかんと旅にあるごと水枕〉の句を秦さんに選ばれたことがあった。秦さんは、兜子先生にご挨拶に来られたのだろう。前夜祭にも本大会にも、その真っ白なスーツ姿はなかった。

昭和五十四年度は東京支社の当番で熱海で行われた。ゲストは三橋敏雄先生。その前夜祭で、私は三橋先生のお世話係になり、ウイスキーの瓶を持って、あちらこちらの部屋に入られる先生について行きお話を聞いた。酔いのまわった私は「先生は花菱アチャコの上等版ですね」と言ってしまった。先生はニヤリとされ、次の部屋へ行かれるのであった。私の大会句は三橋先生の選に入った。それとは別に「年次大会記」に、若い柴田くんが「川崎さんが男の大部屋に来て、木割さんと話していった。その内容はここには書けない」と書いたので「書けないいって、どんな話なん？」と皆にからかわれた。

男来て天暗くなる著莪の花　兜子

花著莪にけもののの影のなき朝

の二句は、昭和四十八年度、鞍馬での「渦年次大会」の袋廻しでの句だと聞いた。袋廻しでこの格調のある句。やはり兜子先生は凄いと思う。「渦」の大会では句相撲という遊びもした。木割さんの企画だったのだろう。私は藤原月彦さんと句相撲（この組合せも木割さんが決めたのだと思う）をとった。その場にいた人の手は、すべて藤原さんの句にあげられた。「一点も入らなかったのは、渦始まって以来の記録！」との木割行司の声に、拍手と笑いが起った。私はこのことで「渦」で有名になった。

「渦」大阪・尼崎句会の人々

そのような楽しさとは別に、私は俳句に悩みはじめていた。そんな時、小泉さんが声をかけてくださり、「渦」大阪・尼崎句会に出るようになった。この句会は「渦」のなかでもことに自由な句会であった。三宅さん、小泉さん、木割さんをはじめとして優秀な人が揃っていた。その上、「海程」の毛呂篤さんなど他結社の人の参加もあった。私はこの句会で多くを学ぶことができた。また、井上青龍さんを知り、菅原星夫さんという句友を得た。

なかでも井上青龍さんは印象深い。一度会っただけなのに何時までも思い出される人である。私の会った青龍さんは赤地に花模様のバンダナで頭を包み、ジーンズの上下を着ていた。いかにも写真家という風姿だったが、投じられた句は、オーソドックスなものであった。

青龍さんの経歴は〈昭和七年、高知県生まれ。昭和二十六年より写真家岩宮武二に師事、大阪釜ヶ崎を撮りつづけ、昭和三十六年に「人間百景―釜ヶ崎」で第五回写真批評協会新人賞、カメラ芸術新人賞を受賞し、講師を経て昭和六十二年に大阪芸術大学教授になる。昭和六十三年、徳之島で撮影中に事故死。享年五十七歳〉とある。青龍さんを親しく思わせたのは、叔父上の井上石秋氏の存在が大きい。NHK学園の俳句シンポジウムが大阪であった時、会場で「青龍がお世話になりました」と突然石秋さんから挨拶されたことに始まり、その後「雲母」「柚」と石秋さんとは長い付き合いになった。ガラス関連の事業を営んでいた石秋さんは、コテコテの大阪弁を使う大阪商人であった。時々聞く青龍さんの話は面白かった。石秋さんも青龍さんの話ができるのが嬉しそうであった。

なかでも印象に残っているのが、青龍さんが事故死した徳之島へ、遺骨を引取りに行かれた時の話だ。短編小説みたいで忘れられない。青龍さんの遺骨を抱いて、乗るべきフェリーを待っている石秋さんのところへ、女性がすっと寄ってきて「青龍さんのお骨でしょうか」とたずね、「私に少し分けてください」と言ったという。石秋さんは徳之島で出来た恋人やろうと思い、片蔭で遺骨を分けてあげたそうである。「なんでやろ、青龍は女にもてまんねん」と石秋さんはつけ足して、淋しそうに笑った。

木割大雄さんは愉快だった。私の会ったころは書店の主人で、私に俳句関係の本を勧めてくれ、私は俳句についての知識を得た。兜子先生没後、あまり会うことはないが、現在の彼は「カバトまんだら通信」を出し、赤尾兜子を語りつづけている。また小学生に俳句を教えたり、俳句関係のイベントを企画したりなど、俳句の可能性に取り組んでいると聞く。

昭和五十四年だったか、女優松坂慶子が唄う「愛の水中花」（JASRAC 002-0354-8）がヒットした。その歌詞に〈これも愛、あれも愛、たぶん愛、きっと愛〉という箇所があった。その年の木割さんからの暑中ハガキには、「あれも俳句、これも俳句、たぶん俳句、きっと俳句」のフレーズが唄うように書いてあった。この洒落た暑中見舞は、今もしまっている。

また、尼崎在住の木割さんは大の阪神タイガースファンであった。今でもそうだろう。彼は虎酔の名で、昭和五十八年から昭和六十三年までの間、スポーツニッポン新聞にタイガース応援句を連載していた。木割さんは毎日に近いその応援句に、必ず季語を入れていた。その後、この応援句はまとめられ、『虎酔俳句集』として刊行され、好評であった。

昭和六十年、日本シリーズ制覇

万歳の秋や総身に熱きもの　虎酔

女性群のなかでは岡本喜子さん、郷矢恵美子さんのお二人が好きだった。お二人とも東京生まれ東京育ちであった。私は東京人が苦手であったが、このお二人は別であった。お二人は仲が良く、いつも隣同士に座っておられた。どちらもサッパリとしたお人柄で、その句もパキッとしたものであった。

師の選はなし朝桜夕桜　岡本喜子
あかつきに陣痛走る芒種かな　郷矢恵美子

岡本さんは、東京大空襲でご両親はじめ家族を失われたと小泉さんから聞いた。私は、そんな風に見せない岡本さんに惹かれた。郷矢さんはお付合いの短い内に亡くなられた。岡本さんとはコンビで、「渦」の賞品係などの仕事をして親しさをましていった。

その後、菅原星夫さんが参加された。菅原さんは青年時代から「火星」で活躍していたとかで、長い中断のあとの俳句再開だった。

えんどうの青き真珠を掌にこぼす　　菅原星夫

菅原さん二十歳の作品である。そんな菅原さんはすぐに兜子選の巻頭になった。その頃の「渦集」巻頭圏内には藤原月彦、柿本多映、岸本尚毅さんなどの名前が見られる。そんな菅原さんは、同じような年齢で、同じく巻頭を得た羅城天さんと仲良くなり、お神酒徳利などと言われていた。そこへ私が加わりトリオとなった。羅城さんの本名は今井旬であったが、昔、実家がラジオ屋であったとかで、ラジオ店をもじって羅城天と名乗っていた。皆は天さんと呼んでいた。

風呂吹や城へ抜穴ありしといふ　　羅城　天

こんな風に「渦」大阪・尼崎合句会には魅力的な人が多かったが、何故か気になる人がいた。その人は谷本大青と名乗っていたが、誰も彼のことを知らなかった。彼は小柄で寡黙であったが、披講される句にときどき皮肉な笑みを浮かべていた。当時の「渦」では、唯一汗の匂いのする句を投じていた。

当時は俳号を名乗る人が多かった。私も星夫さんと天さんに「葉茎」の俳号をつけてもらった。笑ったら歯茎が見えるからだそうだが、それは三人の句会でのみ使っていた。名乗りのたびに三人で大笑いした。

三人で吟行したり、飲みに行ったりしていた。ある日、菅原さんと二人で「渦」同人の上平智子さんの経営する「上平」へ飲みに行ったことがある。上平さんの店は北新地にある小体な落着いた店であった。毎日新聞の人たちがよく利用するということであった。上平さんは、そんなことから兜子先生に俳句を勧められたようだ。上平さんは大柄な体にゆるやかに趣味の良い着物を着ていた。句会で見るのとは違っていたが品の良いママさんぶりであった。その晩、酔った私は甲子園の菅原さんの家に泊まった。「川崎さん、仕事に行くの?」と、つね子夫人に声をかけられて目を覚ました私は、「行きます」とあわてて朝食をいただき、つね子さんに自転車で甲子園駅まで送ってもらった。このような親密なつきあいは今では考えられないが、一人暮らしであった私の家で、徹夜に近い句会をしたりした。

突き手一瞬、子郷俳句との出会い

話が前後するが、昭和五十一年、私に「渦」以外の句友ができた。それもまた、柳田さんによってもたらされた。柳田さんは実に無邪気に人に接しられる。ある日、柳田さんは駅のベンチで本を読んでいる女性に「失礼します。それは俳句の本ですね」と声をかけられた。その女性が顔をあげて「はい」と答えられたのは、柳田さんが人品卑しからぬ老紳士だったからだろう。「私も俳句をやっています。ちょっと見せてください」という柳田さんに、彼女は読んでいた本を手渡された。「雲母ですね。大冊ですね、さすがですね」と「雲母」を手にされた柳田さんは、「すみませんが、しばらく貸してください。必ずお返しします」と頼みこまれ、返却場所をたずねると、彼女はT社の斜め向いのビルに勤めているとのことだった。

柳田さんは私に「雲母」を読むように勧め、数日後「電話をしてあるから、向いのビルの喫茶店に行って、志水さんという女性に返してきてください」と、例によってさりげなく命じられた。「雲母」を胸高にもって、指定の喫茶店に行くと、すぐに手をあげた女性があった。それが志水瑠璃子さんであった。瑠璃子さんは眸に輝きをもった人であった。コーヒーを飲みながら瑠璃子さんは「その本は差し上げるわ、私は雲母を二冊とっているから」と言われ、テーブルに原稿用紙を広げ「この中で好きな句に○をつけてくれない」と言われるのだった。その日から二人は、毎月、その喫茶店で会い俳句の話をするようになった。三回目だったか、彼女は俳句手帳（その時、私は初めて俳句手帳を知った）を取り出して

跳箱の突き手一瞬冬が来る　子郷

の句を書いた。私にはその句は書かれたものよりも大きく見え、すぐに頭に入った。黙ってしまった私に、「ねっ！　凄いでしょう」と瑠璃子さんは言って、キラキラした目で私を見た。私は、友岡子郷の名を強く印象した。

瑠璃子さんは、食事に誘ってくださったり、ばったり出会った三宮市場では野菜を買ってくださったり、着けておられたネックレスをほめると首から外して私の首にかけて「似合うわ」と下さったりした。また、龍太先生と兜子先生のツーショット写真

を「あんたの先生が写っているから」と惜しげもなく下さった。

瑠璃子さんは、「雲母」神戸句会に誘って下さった。私は友岡子郷先生に会いたいだけで、何度かその句会に出席した。当時、「渦」に所属していた私は、「雲母」の方は休みがちであった。ある日、「最近お見えになりませんね。雲母はつまらないのかと案じています。またお顔を見せてください」との子郷先生からのハガキが届いた。私は嬉しくて、そのハガキを持って部屋中を歩きまわった。それでも兜子先生や句友に対する裏切りのようで、「雲母」に入会することは考えてもみなかった。

兜子先生にそのことを話す機会を得た私は、勇気を出して「先生、雲母の句会に出てもいいでしょうか?」と聞いた。先生は喫煙の手を止めて、「ええやろ、あんたは基本ができてへんから。そのかわり休むな」とおっしゃってくださった。私は「渦」が第一で、「雲母」の句会には子郷先生の選に入りたいだけで出席した。ときおり、子郷先生選に入りほめられることがあった。「雲母」の句は手強かった。かなりの作品を作る人でも無名であった。そして、龍太選への投句に全力投球であった。驚くほどに謙虚であった。

「雲母」では毎月吟行があった。吟行の幹事は金坂豊さんであった。目立たず、細やかな気配りをしてくださった。句会の雰囲気も「渦」とは大違いであった。どちらが良いとかではなく、私にはカルチャーショックであった。それにしても謹厳な「雲母」の句会に入会もせずに出ていた私は、怖いもの知らずだったと思う。

十二月潮路晶々たるを見て　子郷

子郷先生は、昭和五十二年に第一回「雲母選賞」を受賞された。昭和四十三年に俳句の出直しを決意し「青」を辞し、「雲母」へ一投句者として参加され、それから約十年を経ての受賞であった。この「雲母」入会については、当時さまざまに取沙汰されたが、先生は〈柳散る直路直歩のかなしみ湧き〉の句のみに心境を吐露し、多くを語られなかった。

この受賞の祝賀会を「雲母」神戸支社で開くとの案内状が来た。私は「雲母」神戸支社の句会に時々出ていたが「渦」の会員であり、欠席の返事をした。それでも、私はお祝いをしたいと思った。そして、お祝いを持ってお宅へ向かった。気持ちよく晴れた土曜の午後だった。私は阪急電車の「王子公園」駅で降り、当てずっぽうに坂道を登っていった。すると「友岡」という表札の前に出た。私はためらわずに呼び鈴を押した。ガラガラと戸が開き子郷先生が出てこられた。紺地の和服姿であった。下駄にも紺の鼻緒がついていた。先生の姿を見た途端、私はハッと後悔した。そんな私に「ごめんなさい。今日は用事があって」と言われ、「今度また俳句の話をしましょう」と言い足された。私は「おめでとうございます」とお祝いの文箱を押し付けるようにして友岡家を後にした。そして、逃げるように坂道を走った。おそるおそる振り返ると先生が門前で見送ってくださっていた。私はさらに走って坂道をかけ下りた。

昭和五十三年頃から、私は毎月、「渦」の神戸句会、「渦」の大阪・尼崎句会、「雲母」神戸支社の句会、「雲母」神戸支社の吟行句会と四か所の句会に出ていた。句会は平日の午後六時からであり、吟行は日曜日であったので、休まずに出席できた。仕事のことを考え、句会に合わせて健康管理をしていた。

昭和五十五年の春浅い日、ぱったりと瑠璃子さんに会った。瑠璃子さんはいつものように笑顔で「私、入院することになったのよ」と告げられた。私はその笑顔に、大した病気ではないだろうと思ってしまった。が、最初大部屋に居られた瑠璃子さんが個室に替わられてから、大病だという暗い思いを拭いきれなかった。見舞いに行くと、「あのね、龍太先生から見舞いのおハガキが来たのよ！」と眸を輝かせて、龍太先生からのハガキを見せてくださったりしたが、どんどん痩せていく瑠璃子さんを見るのがつらくて、見舞いの足が遠のきがちであった。そして、夏の暑い暑い日に、川口作子さんから瑠璃子さんの死を報らされた。瑠璃子さんは五十歳になったばかりであった。「渦」の竹内和子さんも五十代での死であった。無条件で私のことを愛してくださったお二人の早逝に、私は呆然とするばかりであった。

春雨に木のない通りありありにけり　　志水瑠璃子

六人の会賞のことなど

私の生活に俳句は欠かせないものになったが、精鋭揃いの「渦」での成績は上がらず、劣等感におそわれていた。そんな中で、どういうつもりか「俳句研究」の募集で知った「五十句競作」や「六人の会賞」に応募していた。

ことに「六人の会賞」は、高柳重信、赤尾兜子、鈴木六林男、三橋敏雄、佐藤鬼房、林田紀音夫の六人の選者が、予選から選をするということが大きな魅力だった。私は第九回（昭和五十四年）、第十回（昭和五十五年）、十二回（昭和五十七年）の三度応募した。応募者の多くは「俳句評論」の同人であった。予選を通過すると手書きの成績表のコピーが送られてきた。その中には、鳴戸奈菜さん、池田澄子さんの名前が見える。その後のお二人の活躍を思うと、自分の不甲斐なさを思わずにいられない。

私は「俳句評論」のことも知らなかったし、赤尾兜子先生がその同人であることもだいぶ日が経ってから知った。それはそれとして、高柳重信他の選に入り、次席になったことで、私は俳句に向かう気持ちをとりもどした。高柳先生は「俳句研究」にそのときの句を載せてくださった。私は、その号の「俳句研究」が届いてそのことを知った。

「渦二十周年記念大会」前後

昭和五十五年頃、兜子先生の体調が悪く、少年の頃に傷めたアキレス腱が痛みだし、歩行が困難になられたと聞いた。何かとご活躍の先生である。私は、そのことが信じられなかった。いや、信じたくなかった。先生は何時までも先生でいてくださると思っていた。なお、この年の先生は、二月に西下の山本健吉ご夫妻と会食、三月には毎日新聞社を停年退職。同三月には来阪の井上靖を囲んで陳舜臣らと会食、兵庫県文化賞「半どんの会賞」受賞などがあり、家族旅行も楽しまれている。

昭和五十五年十一月二十二日、大阪太閤園で「渦二十周年記念大会」が開催された。高柳重信、鈴木六林男、奈良本辰也、阿部完市等の四十余名の来賓を迎えての盛大なものであった。私は岡本喜子さんと受付係を務めた。受付は忙しかったが、多くの俳人と接することができた。岸本尚毅さんを見たのもこの日が初めてであった。

当日用意された来賓への記念品は、舞子焼の大きな湯呑であった。それは、木割さんが兜子先生と舞子焼の窯元南汎氏を訪ね、兜子先生が湯呑に自句を揮毫された思いのこもったものであった。記念大会での先生は、以前より痩せて見えた。それでも、講演される病後の鳥居清先生を気遣われ、座って話せるようにと何度も手で合図された。最前列に座っていた私はそれに気付き、側にいた男性に頼んでパイプ椅子を壇上にあげてもらった。鳥居先生はその椅子に座って話された。兜子先生はほっとした表情を私に向けられた。私は役立つことができたと、本当に嬉しかった。親和女子大学教授の鳥居先生の講話は「芭蕉雑感」で、芭蕉の連句について話された。兜子先生は現代俳句の諸問題にふれて話され、作家としての覚悟を示された。

講演後、「渦賞」「大会優秀賞」の発表があり、表彰があった。その後は、にぎやかで和やかなパーティが繰り広げられた。なお、渦賞は柿本多映、準賞は岸本尚毅、西村智治、福島よし子、川崎雅子が受賞した。

朝顔の種も採らずに宵寝まる　多映

上澄みに夕空映る浅蜊汁　尚毅

夜は厚し果物と闇籠に盛られ　智治

しらじらと人も傾げり尾根芒　よし子
枯野原ゆくとき不思議腕時計　雅子

「渦二十周年記念大会」は盛大裡に閉会となった。が、兜子先生はお疲れがひどく、翌日の京都吟行は欠席された。吟行は有意義に過ぎたが、私は先生のお顔が浮かんで心の底から楽しめなかった。それは参加した人の多くも同じであった。何かにつけて、そんな風が見えた。

その日から間もない十二月初め、兜子先生ご夫妻のご招待で先生懇意の西宮の料亭で、「渦二十周年記念大会」に働いた人へのご苦労さん会があった。この日の先生は終始ニコニコとしていられた。私はこの時初めて、柿本さんと親しく話をした。多映さんは「大津へいらっしゃい。家に泊まってもいいのよ」と言ってくださった。私は、柿本さんの出自が名刹三井寺であることを知らなかった。そういうことは、人から知らされることが多かった。「渦」の人たちもそんなことには頓着しないので、私は後日、他結社の人から聞いた。

その日は少人数の集りで時間を忘れるほど楽しく、帰宅のために阪急西宮北口駅に着いたのは午後九時を少し回っていたと思う。阪急電車を利用して西へ帰るのは、兜子先生ご夫妻、大河先生、私の四人だけであった。大河先生と私は、兜子先生ご夫妻を見送るために普通電車の来る側に立っていた。私たちの乗る特急電車は先発で、すでにホームに着いていた。すると兜子先生が「大河さんは年がいってるから、少しでも早く帰るように」と特急に乗るように言われ、二人はお言葉に甘えて特急電車に飛び乗った。ホームの先生ご夫妻は、すぐ遠くなった。それが私が兜子先生を見た最後であった。

年が改まってから、兜子先生は句会をもたれた。参加した人の一人が、先生の熱心な指導に感激して、私に電話で興奮気味に話してくれた。私は平日で会社が休めず、その句会に出ることができなかった。

えっ！　御影駅？　兜子先生急逝

昭和五十六年三月十七日、兜子先生急逝。その日、阪急電車で通勤する人たちの多くが遅刻してきた。そして、私に「御影駅の先の踏切で人身事故があってん」と苦情を言い、遅延証明書を差し出した。私は「御影駅？」と胸のなかで何度もつぶやいた。夕刊が着くと、私はあわてて目を通した。神戸新聞三面の小さな記事に「今朝八時過ぎに阪急御影駅近くの踏切で人身事故。身元不明の人は男性で、遺留品は眼鏡」とあるのを見つけ、「兜子先生！」と、私は声に出してしまった。

帰宅した私はどうしたことか、ひたすら怖ろしい報せを待った。その深夜、もう日付けは変っていたかもしれない、第一報は「渦」神戸支社の木村正典さんからもたらされた。木村さんは生田神社の加藤宮司（兜子先生と懇意であった）から聞いたとのことであった。木村さんは、冷静に対応する私に驚いていた。第二報は木割さんからであった。木割さんも、日頃の私に似ない対応に驚いていたが「できたら、明日の通夜までに御影のお宅に来て欲しい」と用件を伝えた。

翌日、私は社に二日間の休暇を申し出た。急な休暇申請に部長は渋い顔であったが、必死の私に圧倒された感じで許可してくれた。菅原さんと待合せ、兜子先生のお宅へ急いだ。先生宅の前でタクシーを降りた私たちのすぐ前に、警察車両が停った。二人は転がるようにその車両に走り寄った。「それ以上は駄目です！」と警察官の制止に立ち止まった私たちの前をラバーシートに包まれた先生のご遺体らしきものがお宅に運び込まれた。私はその小さな塊に先生の死の悲惨を実感した。そして、しばらく、その場から動くことができなかった。先生は痩身ではあったが、大きな人であった。

「そう、先生はこうであった」と私は先生のお姿のさまざまを思い起こした。

ふらふらと先生のお宅に入った私に、弔問客の受付の仕事が与えられた。先生宅の前の坂道にテーブルを出し電報などを整理しているとき、波多野爽波先生がこられた。瀟洒なスプリングコート姿の爽波先生は、微妙な表情を浮かべながら、準備のできていないガタガタするテーブルでご署名された。そして、軽く手をあげ、暮れ方の坂道を下りていかれた。そんな受付係の私と寿賀演子さんに、別の用事ができた。

それは、東京から来られる高柳重信先生を阪急御影駅までお迎えに行くというものであった。ぐずぐずしている暇はない。私と演子さんは小走りに駅へ急いだ。駅には、すでに高柳先生が待っていられた。側には藤原月彦さんの姿があった。

阪急御影駅からすぐの所に跨線橋が架かっている。その橋の半ばあたりで「兜子の死んだとこは何処？　そのあたりに立ってみてくれ」と高柳先生が言われ、私と演子さんは坂を下り十善寺坂踏切に立った。その踏切の脇には大きな配電盤があり、その陰からふらりと出られた兜子先生は阪急電車にふれ、はねられたとのことであった（これは一部の人の話である）。高柳先生は跨線橋から小さく手を振られた。

高柳先生は、その頃から心臓が悪かった。兜子先生宅に着くやいなや、息づかいが荒くなられた。私はそんな先生の後ろにまわって、お背中をなでて差し上げた。その後、どのように通夜が進んでいったのか全く記憶にない。男性の同人数人が阪急電鉄に呼び出されて行ったとかは、後日聞いた話である。通夜の後、同じ垂水区ということで、橋閒石先生をご自宅へお送りした。橋先生は痩身で、高雅で鶴のようであった。

翌十九日、西宮市の順心寺で告別式が行なわれた。喪主は恵以夫人、葬儀委員長は和田悟朗先生。私は木割さんと受付係を務めた。葬場には、杖をつかれた阿波野青畝先生のお姿も見えた。友岡子郷先生は春コートを脱ぎながら来られた。その中でも、すべてを包み込むような司馬遼太郎の笑顔が忘れられない。葬儀場での笑顔は不遜なものであろうが、氏の笑顔はあたたかく、その場に相応しいものだった。受付を終えた私は最後にご焼香をした。柩の小窓には先生の写真が貼ってあった。それを見たとたんに私は初めて泣いた。

兜子先生の告別式は、葬儀社の見事な手順で無事に終了した。私はその間を、ただ悪夢にうなされるように過ごした。火葬場へはマイクロバスで向かった。多くの「渦」同人は立ったままで運ばれていった。寺に戻ると、精進落しの場に五木寛之と恵以夫人が並んで座っていられた。私たちは次の間で、会計の仕事をしながら、そそくさと食事をとった。そのようなことが思い出されるが、どのようにして帰宅したのかは憶えていない。

その翌日から、私は兜子先生の思い出と過ごすことになった。私は特別に優秀な弟子でもなかったし、先生とご一緒したことも少なかったが、その思い出は鮮やかであった。思い出のなかでも、特にというものを書いてみたい。

初めて会った忘年会のこと、「渦百号記念大会」のこと、竜野、近江八幡、熱海での年次大会のこと、「渦二十周年記念大会」のこと、桜井照子さんを見舞った病院でのこと、これらは先にふれた。

昭和五十二年十二月、国際ペンクラブ世界大会出席のために発たれる兜子先生を、「渦」同人数名で伊丹空港へ見送りに行った。当時のことで、先生方は搭乗口から搭乗機まで歩いて行かれた。皆さんが、紺色のＪＡＬの航空バッグを肩にかけていられるのが、私には印象的だった。なかでも兜子先生の肩が痩せていられるのが、もっと印象的であった。私は空港で人を見送ったことがなかったので、初めて空港で見送ったのが兜子先生であったことが嬉しかった。

先生は書のほうでも高名であった。昭和五十三年十月、ソルボンヌでの「秋季芸術祭」に書道親善使節団として渡仏された。この旅を終えられてからの忘年会では、先生の指輪が話題になった。それはパリの蚤の市で、面白半分に指にはめられたのだが、抜けなくなって失敬したものだという。団体行動では、時間に迫られることがある。

私は指輪を失敬されたのはその結果だろうと思ったが、先生の意外な一面を知り親しく思った。忘年会での先生は、だれかれの前に座られ、グラスを合わせ、盃を交わされるのだが、その年の忘年会では、先生の左の人差し指に、指輪がきらりと光っていた。その写真を私は持っている。私は「おう、まともな人間とつきおうとるか」と額を小突かれた。後日、古い同人から、若い頃の先生は、東門筋（神戸の歓楽街）で、作家の春木一夫氏とやくざ風の男を殴って逃げたなどの武勇伝を聞いた。兜子先生は、痛快な人でもあったのだ。

特に忘れられないのが、昭和五十三年春の吉野吟行である。それは毎日俳句教室の企画であった。お世話役は植山玲子さんであった。後で知ったことだが、植山さんは山本有三のご息女であった。その後、長く文通を交わしたが、ほっそりとした化粧気のない清楚な感じの人であった。

私は大阪の地図にうとく迷い、待合せ場所にぎりぎりに着いた。貸切りバス内はすでに満席で、兜子先生の隣の席しか空いていなかった。私は仕方なく、緊張してそこに掛けた。先生は吉野のことを話すために、何度もガイド席（観光ではないので、バスガイドはいなかった）に立たれた。私はその度に、ほっとした。先生は風のようであった。

吉野離宮跡でバスを降りて吟行したが、先生はバスの席に戻られると「僕は今、良い句ができたよ」と私に告げられた。私はその率直な言葉に驚いた。句会は吉野で有名な旅館で行われた。が、その内容を覚えていない。先生のいちいちに感激していたからだろう。私の句は先生の選に入らなかった。当然である。

吟行句会を終え大阪梅田で散会となった。西へ帰る人は少なかったのだろう、私の前には兜子先生と小泉さん、三宅さんの姿しか見えなかった。私はどこで道を曲ればよいのか解らないままに三人の少し後ろを歩いていた。すると小泉さんが振り返り、「川崎さん、一緒にどう?」と夕食に誘ってくださった。場違いの思いはしたが兜子先生と一緒にいたかったのだろう、梅田のレストラン街へついて行った。私はそこで宝石にも勝る兜子先生との思い出を得たのであった。

夕食に入ったしゃぶしゃぶの店は、ビルの高階だったが落ち着いた店であった。私たちが着いた席は四人がけで、隣席とは分厚いすりガラスで仕切ってあった。兜子先生の横には小泉さんが座られ、私は三宅さんの横に座った。先生の斜め前の席だったが、すぐそこに先生がいられるという感じであった。

小泉さんが上手に鍋を差配され、先生の小鉢に料理を運ばれていた。私は時々肉にそっと箸を伸ばしていた。先生は私の存在に戸惑っていられたのだと思う。話題の外にいる私に「川崎はええなぁ、ひとりだと自由に俳句を作れるやろ?」と声をかけられた。「はい」と答えるだけでいいのに、私は「ひとりというものは、そんなものではありません」と言ってしまった。すると先生は私の顔をじっと見て、何も言わずに大粒の涙をはらはらとこぼされた。私は驚いて目を伏せてしまった。二人の先輩も同じように目を伏せられた。気まずいというのではないが不思議な数分がすぎた。その後は、先生は料理を楽しみながら、二人の女弟子を相手に俳句の話をしていられた。

食事を終え支払いをしようとすると、「川崎の分も出してやってや」と先生が小泉さんに命じられた。結局、私はご馳走になった。帰宅する間中、私は先生は大粒の涙をこぼされたと何度も胸中に繰返し、『歳華集』序文の司馬遼太郎の「焦げたにおい」の一節を思い出した。

それから一年後だろうか、御影の白鶴美術館で吟行をした。幹事の私は兜子先生にもご案内したが、先生は欠席とのことだった。この日は川西の竹本富夫さん、姫路の木谷幸夫さん、岡山の花房八重子さんの参加もあり盛会であった。それぞれに句を得て、会場の御影公会堂へ移動し昼食をとることになった。御影公会堂はオムライスが有名である。会場へオムライスなどを出前してもらった。この日は、五月の薄暑の日であった。木谷さんが「ビールなどとりまひょか」と提案し、皆大賛成で賑やかな昼食になった。木谷さんは兜子先生の幼馴染で、旧制龍野中学の同窓生でもあったということだったが、大阪風の面白い人だった。

木谷さんとは、竜野で開催された「渦年次大会」から親しくなった。それは会のはねた後のことだったか、お茶を飲もうと会場の喫茶室で席を探している私たちに「ここ空いてまっせ」と木谷さんから声がかかった。木谷さんは自分の膝を指し示していた。皆は笑っていた。私は「あぁ、そう」とその膝に腰かけた。さすがの木谷さんも驚いて、私たちにそのテーブルを明け渡した。その後親しくなり、木谷さんからの便りには最後に「椅子より」と署名があった。

そんな木谷さんをはじめ皆で、何がおかしいのかワイワイ騒いでいたところへ、突如、兜子先生が風のように会場に来られた。

当然、先生は不機嫌であった。皆はビールを流し込むと句会の準備に入った。句会に入ると先生は真剣に選をされ、選評をされた。私の句も秀作に入ったが、その句について熟語ということに触れられた。その句は

清 潔 に 手 足 あ り け り 木 下 闇　　雅 子

であった。先生は「清潔というのは、清らかと潔ぎよいの熟語である。そのことを意

識してみること」と言われ、熟語ましてや四字熟語を安易に使わないことだと言われた。そして、「大和ことば」の話をされた。私は「やっぱり、先生は凄いなぁ」と先生の顔から眼を離すことができなかった。それに気づかれた先生は「人の顔ばかり見んと、辞書でも見とけ！」と叱られた。そんなことまでもが、今では嬉しく思い出される。

先生が連絡されていたのか会の終わる頃、木割さんが駆けつけ、私と花房さんは喫茶室でコーヒーをご馳走になった。先生に会うと何時もボーッとしてしまうのだが、熟語についての話は頭の中に残った。私は「清潔」を「潔よく」と推敲し、「渦集」に投じた。このような思い出は、一層、兜子先生の不在を思わせる辛いものになっていった。

井上石秋さんから聞いた話も胸に残っている。それは太平洋戦争中のこと、二人で大阪の俳人（お名前を忘れた）を訪ね、句の教えを願い出たそうだ。その先生は「次の週までに三十句もってきなさい」と言われたそうである。若い二人は揃って句を持参して見てもらった。そうすると石秋さんの句には〇や×などの印がしたものが返されたそうだが、兜子先生には「私の教えることはありません」と返されたそうだ。石秋さんは、改めて兜子先生を見直したという。そうこうしていると、石秋さんに召集令状が来た。やはり、それは大変なことであった。石秋さんはそのことを兜子先生に報らせた。すると、先生が訪ねてきて、野原で並んで寝転んでいると、兜子先生が

苜蓿やあす征く君をうづむほど　兜子

と句を詠まれ、「何も出来んから、この句をはなむけに」と言われたそうである。石秋さんは一生忘れ得ないことだと、私に話してくださった。そして「誰が何と言おうと兜子さんは優しい人ですよ」と言い足された。

兜子先生が亡くなられてから、月日はざわざわと迅速に過ぎていった。「渦」誌は編集部選、和田悟朗選で発行された。

私は、この年の六月に淡路島吟行を予定していた。三月初めには枇杷農家と枇杷狩りの予約がとれていた。また、会場の予約も入れていた。しかし、兜子先生急逝の混乱のなかでの吟行になる。悩んで二、三の人に相談をかけたところ、やるべきとの意見であった。実現が危ぶまれたが、思いがけない人の出席もあり、二十人ほどの吟行になった。淡路島への短い船旅も、枇杷狩りも結構楽しく、昼食に出された鯛の陶板

焼も好評であった。句会に「呉越同舟」の句があったりしたが、和やかに淡路島吟行は終了した。私に何らかの考えがあっての吟行と言われたりしたが、私はただ予定していたことを実行しただけであった。

その数日後、「渦」継続を問うアンケートが思いがけないところから郵送され、その結果、「渦」は継続と決まった。実はその数週間前に同人総会が開かれたが、結論の出ないままであった。総会に出た私たちは蚊帳の外であった。

その間、桑原三郎さんたち東京支社の人たちは全員退会された。藤原月彦さん、鈴木弓湖さん、門谷杜人さんなど交流のあった人たちも含まれていた。また、兜子先生亡きあと、毎日俳句講座を指導されていた桂信子先生の「草苑」に入会する人も多かった。柿本多映さんもその中にあった。柿本さんは橋閒石先生の「白燕」に、すでに入会されていたかと思う。良きライバル花房八重子さんは「縹」というグループを作り、タブロイド版を出して出発した。そして、関西同人の多くは「渦」に残った。その混乱のなか、私は友岡子郷先生に学ぶため「雲母」へ入会することに決めていたが、それもこれも兜子先生の一周忌が過ぎてからと決めていた。兜子先生の一周忌に、立風書房から『赤尾兜子全句集』が刊行された。その内容にふさわしい重厚な句集である。その末尾に置かれたのが次の句である。

ゆめ二つ全く違ふ蕗のたう　兜子

この句は兜子先生急逝後かなり日数がたってから、日記の中に発見された作品であった。この句が詠まれたのは、兜子先生急逝のほんの数日前に当たると和田悟朗先生のあとがきにある。私は、この句は全句集を締めくくるにふさわしい句と思った。そして、私には先生の真実にふれた思いのする句である。

また、一周忌法要の後、ご子息徳也さん建立の兜子先生のお墓に同人数人とお参りした。先生のお墓は神戸の高台にある。私は毎年三月十七日の忌日前後に、掃除をかねてお参りしている。明るい感じの墓地であるだけに、反って、淋しい思いがする。

昭和五十八年三月二十一日、「赤尾兜子を偲ぶ会」が神戸ニューポートホテルで行われた。高柳重信、中村苑子、桂信子、橋閒石、三橋敏雄、鈴木六林男、須田剋太、眉村卓などの出席があり、兜子先生の交流の広さが再認識された。私には、横のつながりを大切にした時代というものが思われた。

この偲ぶ会の記念品を用意するように命じられたのは、岡本喜子さんと私のコンビであった。二人は三宮の街中をあれやこれやと迷いつつ歩きながら、どれだけ兜子先生の話をしただろうか。記念品は鉄製の黒い魚の小さな文鎮にした。岡本さんとは、その年の八月十日、京都の民宿に泊り、六道の辻の珍皇寺へ迎え鐘を撞きに行った。迎え鐘は鐘が地下に向けた穴にあり、鐘撞堂の下部の穴から綱がたれており、それを引っ張ると鐘が鳴るというもので、地下のご先祖様に届くというこの辺りの行事だった。二人は兜子先生に向けて鐘を撞いた。

大丈夫か？「雲母」入会

私は「渦」を退会して「雲母」に入会することを、親しい人にも内緒にしていたが、偲ぶ会のあと、そのことを菅原星夫さんに打ち明けた。菅原さんは驚き「ほんまか？あんたに向いてへんで、先生が紫の座布団に座りはるんやで」と冗談半分に心配してくれた。すでに「雲母」の句会に出ていたので、私は紫の座布団に大笑いしたが、菅原さんの親身な心配が嬉しかった。

兜子先生の一周忌が過ぎる頃、「羽衣句会」ができた。この句会は羅城天さんが「渦」の大阪南部の人たちを中心にして創った。ここで私は生涯の友人となる中野隆夫、澄子さん夫妻を知った。また、菅原さんが「西宮俳句懇話会」を立ち上げた。この会の指導は堀葦男先生で、メンバーは「渦」同人、「火星」同人を合わせて十五名ほどであった。私は「渦」を退会してから多くの句会に出ることになった。

最近、能天気な私も終活を考えたりする。と言っても子供もなく、これといった資産もないのだからいわゆる断捨離をしているということであり、主に書籍や洋服などを整理している。私の断捨離の手を止めるのが思い出である。

そんなある日、手紙などを放り込んでいた段ボールを整理していると、兜子先生からの手紙が出てきた。それはハガキよりやや小さめのメモ用紙五枚に、先生独特のふわりとした字で書かれたものである。そこには「山崎で心を《（原文ママ）》身をいやしておられたよし、あそこはよいところです。私の祖母が宍粟出であることが、あの山川を親しくさせます。勉強をしていないと後悔のようですが、それはこれからの人生で補えばよいのです。よき師（私のことでなく）を持つことによって、読書の手がかりをえることが人生には多いのです。ひとりの力というものは、しれたものです。師や友なくして、いかに立派な人の業績もうまれていません。私はいまの若い人が、少しそのことを軽んじているのに遺憾をもちます。私は、弾力性のある俳人で、頭のかたい人間ではありません。そのことはだんだんとわかられることと思います。御励み下さい」と書かれ、「とうし」とひらがなの署名がある。メモ用紙の手紙は職場で手のすいたときに、書かれたものと思われるが、私には宝物である。

私はこの手紙を見つけたことだけでも、断捨離は成功したと思った。度々の引越しにも震災にも紛失せずにあったことに、先生はいまも見守ってくださっていると、有難く思っている。私はこの手紙を額に入れ、毎日祈るように見ている。そして、こんな手紙をくださった先生は、知の人である前に情の人であったと改めて思っている。ときたま、よき師（私のことでなく）のくだりに、一層、兜子先生をなつかしく思い出す。

兜子先生が亡くなられてから、毎日のように、「渦」のだれかれからの電話があった。また郵便物もふえ、無名の私にも二、三の結社からのお誘いの手紙があった。とにかく、「渦」の人たちの混乱は激しかった。

その頃の電話では柿本多映さんの電話が忘れられない。柿本さんの電話はほとんどがご自分の句の披露であった。その俳句はさすが渦賞作家と思えるものが多かった。それだけに他の人の俳句には厳しかった。四月に入ってすぐの電話の次の句は忘れられない。

出入口照らされてゐる桜かな　　多映

私はこの句を聞いて、柿本さんは俳句作家になられたと思い、電話口でこの句を激賞した。そして、忘れえない句の一つとなった。その後も電話をいただいたが率直にわからない句はわからないと答えた。やがて柿本さんからの電話もなくなり、その後、柿本さんは俳句作家としてどんどん作品を発表された。その活躍は皆さんご存知の通りである。そうこうしているうちに、それぞれの道を見つけ電話も少なくなった。

私は時々、和田悟朗先生や柿本多映さんのいる橋閒石先生の「白燕」に入っていればどうなっていただろうかと思うことがある。実際、「白燕」を勧めてもらったこともあったし、心が動いたこともあった。しかし、その頃から仕事の関係上、俳句にかける時間も少なくなっていたし、後に母を引取り介護にあたることになることを思えば無理なことであった。神の采配は正しかった。

正式に「雲母」神戸支社に入会した私は、句会で清記用紙が廻ってくるのが楽しみであった。そこには佳句、秀句が並んでいた。また、菅原さんが心配するようなこともなく、先生（同人）方は紳士的で、俳句に対して謙虚であった。

楠若葉神々猛くおはしけり　奥野久之
逝き給ふあの世この世の花明り　川口作子

炎天や金策つきし鞄置く　倉橋弘躬
光乞ふこのこゑは木か凩か　栗栖仙龍
十二月真向きの船の鋭さも　友岡子郷
夏の月昔話は紺のいろ　長良扶沙
蠟梅やまさしく奈良の匂ひあり　野間骨子
送り来し声帰りゆく月夜かな　八木美代子
雪ほたる子を負ふは哀しみを負ふ　山本恵子
備前片口ひとところ冬田のいろ　和田　渓

句会で出会った句々である。毎回、俳句ノートに記していたが、阪神淡路大震災の折に紛失してしまったので、その多くを紹介できない、残念だ。

このような句を作る人たちが、俳壇的には全くの無名であった。私は不満に思った。しかし、「雲母」の人たちは「俳壇には俳人協会と現代俳句協会と雲母があるので、自分たちは龍太選に選ばれるべく句を作っている」との強い意思を持っておられた。おそろしく謙虚であった。

謙虚といえば、龍太先生ご出席の「雲母」関西合同句会で、当番幹事の京都支社の徳本映水さんが「私は雲母に入るまでは、ただの商人でした。雲母に入って初めて人間になりました」といった挨拶をされたことが思い出される。

「雲母」神戸支社の句会は平日の夜間に行われていた。二十五名ほどの規模の句会であった。ために選評は「雲母」同人の倉橋弘躬、奥野久之、和田渓、友岡子郷の四先生のみがされた。句会創始者の倉橋弘躬先生は、すでに雲母選賞、現代俳句協会賞を受賞されていた子郷先生を立てられた。また子郷先生もそんな倉橋先生を立てていられた。そんなお二人に私は心打たれた。

また、「渦」時代にほとんどなかった吟行が毎月あることが、私には刺激的であった。吟行での皆さんはあちらこちら歩き回るというのではなく、一ト所でじっと句を案じていられた。特に子郷先生は、何でもないような所に座り込んで、ほとんど動くということがなかった。天与の言葉が降りてくるのを待つという姿勢であった。このことのためにか、幹事の金坂豊さんは、いわゆる観光地というよりも、神戸にこんな所がといった里山などを吟行地に選ばれていた。金坂さんは万年幹事であったが、愚痴を少しも洩らされず、毎回手描きの地図などを添えた案内書をコピーして配ってくださった。そのことを有難く思い出す。

私の楽しみは、句会の後、子郷先生を囲んでのティータイムであった。句会の興奮のままに子郷先生から、ちょっとした作句のエピソードやヒントを聞いたりした。このことが、後の「遠方の会」へと発展した。

泊まっていったら?

そのような環境にありながら時として「渦」の仲間が恋しくて、「羽衣句会」や「西宮俳句懇話会」の句会に出ていた。特に羽衣句会は自由で、必ず袋廻しがあり楽しい句会であった。

白桃を包みてきたる紙の皺　雅子

自作を持ち出して恐縮だが、この句も羽衣句会での袋廻しのお題「皺」で作った。この句は、今でもその時のメンバーのあれこれを思い出すよすがになっている。気持ちの良い人たちの集りだった。なかでも中野隆夫・澄子さん夫妻とは生涯の友となった。羽衣句会は土曜日の午後にあった。句会の後は袋廻し、そして早めの夕食を共にし、散会となった。一番遠い出席者は私であった。ある日、澄子さんが「泊まっていったら?」とすすめてくれ、疲れていた私は、中野家に泊めていただいた。そんなことが重なり、羽衣句会へ行けば中野家に泊まることになった。澄子さんが私のためにパジャマを買ってくださった。花柄の可愛いパジャマだった。

重度の障害者の隆夫さんは、はんこ屋の下請けでゴム印を彫る仕事をしていた。澄子さんは洋裁で家計を助けていた。そんな二人だが、明るく温かな人柄であった。毎回、どういうわけか話がつきなかった。貧乏話にきりがつかず、隆夫さんが「なんや、貧乏なんは、君と僕とこだけやいうことやないか」と言い、大笑いできりがついたこともあった。そんな中野家はつつましい暮らしのなかにも花を欠かさず、小さな庭に小鳥の水飲み場を作り、私の旅行土産は丁寧に棚に飾られていた。私は中野家に泊まるたびに、自分の暮らしを反省していた。

過ぎし日のひとときは白き夏帽子　宇合　健

「宇合健」は隆夫さんの俳号であった。重度障害者で動けないから「動けん」をもじっての宇合健であった。

人事異動とS常務

「雲母」の句会に馴れはじめた頃、私に仕事の上での転機がきた。タイピストとして中途入社したT社に、私はいつの間にか十年近く勤続していた。その頃（昭和五十八年頃）、ワープロが登場した。そして「もうタイプの時代ではない」などと報道されるようになった。T社にもワープロが置かれた。私は高価であったワープロを買い、自宅で自習した。会社では、タイプで作っていた書類の書式をワープロで総務、経理、営業、研究所などに分けてフロッピーディスクに移し入れる仕事をした。そして、そのことが終わった時点でパソコンが導入され、一人一台のノートパソコンが与えられた。

私は総務部秘書に異動になった。秘書と言っても総務部長の下にいることなので、格別難しいこともなかったが、今までのように、自分なりの仕事の時間割りができなくなった。

この人事異動で、初めてついた役員S常務から意外なことを聞いた。常務は、東京帝大で山口吉郎（山口青邨）先生に学び、東北大学で、山口先生のご子息梅太郎さんを教えたという。常務は、山口先生が有名な俳人であることを長く知らずにいられた。が、学会の帰りに、山口先生と夕食をと同期生と待ちうけていると、すっと車が来て山口先生を連れさった。そんなことが二度ばかり続き、「なんだ、あの連中は？」と皆が騒ぐと、なかの一人が「あれは俳句の連中ですよ」と言ったという。皆は「俳句の先生は凄いんだなぁー」と驚いたというエピソードを話された。私はおかしくて大笑いした。常務は「今度、学会で会ったら俳句を書いてもらうよ」と約束され、色紙を買われた。

常務は学者出身なので、社では「先生」と呼ばれていた。私も先生と呼んでいた。常務は、私を学生のように「川崎！」と呼び捨てであった。私は「渦」時代に「川崎！」と呼ばれたことを思い出して嬉しかった。常務は痛快な人であった。お酒好きであり、私が少しは飲めることを喜んでおられた。夕方四時半を過ぎると「川崎！　ロケット」と千円札を出し、その当時、アサヒビールが出していた1リットル缶（ロケットの形をしていた）を買ってくるように命じられた。私はこっそりと、会社近くの小林酒店でロケットを買って、冷蔵庫にしまっておいた。終業の午後五時十五分になると、「川崎！」と常務の声がかかり、常務の部屋でロケットを二人で飲んだ。こういうことが出来たのは、常務室は、総務・経理等の大部屋とは別の場所にあったからである。そして、週に一度か二度、東門街へ繰り出した。常務は酔っていても、路地の店に迷わずに行き、次の店に移られた。はしご酒だった。私に気を使ってか、懇意の店では、鮨を出前させたりして下さった。

常務は「ネバーマインド」が口癖だった。そして、「酒を飲まなかったら蔵が建ったのに、名前（欽吾）が悪い。金欠だもんなぁ」と笑っていられた。そんなだから、山口青邨揮毫の色紙も新幹線の網棚に置き忘れられた。「すまん、すまん」と謝られたが、私は少しも期待していなかった。

雲母珠玉集と「雲母俳句大会」

「雲母」誌では雲母集と作品集に分れていた。雲母集は同人集であった。作品集が龍太選であった。作品集には、同人、会員なべて五句出句で龍太選を受けた。手元にある「雲母」昭和六十年七月号をみると、二、六九四名の投句者があった。総計一三、四七〇句の投句数である。龍太先生は、数日を宿に籠り選をされていると聞いた。この中から四句欄に選ばれるのは三十六名であり、全投句の中から珠玉集に選ばれるのは、二十一句であった。特筆すべきは、珠玉集には一句欄からも選ばれることであった。次の句は珠玉集に選ばれた句である。

夕ざくら空あをあをと遠ざかり　　雅子
盛装を解かず五月の船の上

前句は一句欄から「珠玉集」に選ばれた句である。後句は一回目の投句では〈五月船上盛装を解きたまへ〉であったが没であった。翌年、少し推敲して投じたがやはり没であった。三回目に右のように推敲し投じた。そうまでしたのは「仮に没になった作品でも自分がこれはと思う句は、一年は句帳にとどめておくこと」が龍太語録にあったからである。それでも、一番地味な句が選ばれたことに、小さな衝撃を受けた。このことから、言葉を飾らないことを自分に言い聞かせているが、難しいことである。

私はできる限り、龍太先生ご出席の全国大会に出るようにした。最初に出席したのは熊本市での「九州雲母の会」であった。八十人余りの参加があったと記憶している。龍太先生が入場されると、全員が起立して拍手でお迎えした。私も驚きながらもそれに倣った。私はふと、このようなことを龍太先生は望んではいられないだろう。先生は、俳人飯田龍太を演じていられるのだろうと思った。

遠くに見える龍太先生は美男子であった。そして、にこやかに、簡明で分かりやすい選評をされた。この時のものではないが「私は何でもいただきますが、刺身にソースをかけたものはいただきません」といった選評は、すっと胸に落ちる。そのユーモアも印象に残る。私は、帰途ひとり高千穂峡に寄った。

茫漠と螢に真昼ありにけり　雅子

この句は「神奈川雲母の会」で入選した。この時、「渦」時代の句友門谷杜人さんと横浜で会った。「雲母の会」の会場前で杜人さんに「どんな句出したの？」と聞かれ、この句を言うと「入選するわ」と杜人さんが言い、そこで別れた。それっきり、杜人さんとは会っていない。その後、文通を交わしたが、それも途絶えてしまった。

運動会おとうとの子の首細き　雅子

この句は、京都での「関西雲母の会」で龍太選の秀作に選ばれ、「私もこんな純真な句が作りたいね」といった選評をいただいた。この時だろうか、倉橋先生の先導で、ぞろぞろと数人で龍太先生のお部屋に伺った。私はその事がおかしかったが、龍太先生はきさくに挨拶をされた。慣れていられるのだろうが、どこか「困ったねぇ」と、微苦笑の風にも見えた。その後、投句するときに、私は、ふとこの時の龍太先生のお顔を思い出すことがあった。

忘れられないのは、昭和六十年四月十二日・十三日、ホテル大野屋（熱海市）で開催された「飯田蛇笏生誕百年記念大会」である。参加者は二百名はくだらなかっただろう。大野屋の大広間は全国から集まった雲母人で埋めつくされ、幹事役の山梨句会の方たちは会場とは別の部屋での参加であった。この会の入選作を廣瀬直人さんが披講されたが、朗々とした披講（歌会始のような）で、どの句も素晴らしく響いて伝わった。この会のことは「雲母」昭和六十年七月号に詳しい。この号には大岡信氏の講演記録が掲載されており、何度読んでも発見がある。

話が前後するが、私は「雲母」神戸句会に馴れていった。そんな頃、神戸句会に八木美代子さんが入会された。八木さんは良家の夫人といった感じの人で、何より美しい言葉を使う人であった。趣味の良い服を着こなした八木さんを遠くから眺めていたが、思いがけず親しく話しかけて来られた。そして、俳句に対する情熱を吐露され、子郷先生を尊敬していると話された。私はいつの間にか八木さんの側にいることが多くなった。一時期、八木さんはご主人の仕事の関係でハワイに移住されたが、文通で交流を続けることができた。そして、帰国されてからは、子郷先生の勉強会を立ち上げることなどを話題にした。

昭和五十七年初秋、大井雅人先生が日銀神戸支店に転勤になり、「雲母」神戸支社の句会に参加されるようになった。私は「雲母」の編集同人ということは知っていたが、その作品をあまり知らなかった。雅人先生は、いかにも関東の人という感じの人であった。

単身赴任の雅人先生は吟行にも参加され、思いの外、きさくな人柄だった。そして、何時からか句会の後、子郷先生と雅人先生と私の三人でにしむら珈琲店でコーヒーを飲むようになった。子郷先生は大のコーヒー好きであった。お二人は俳句の話を愉しまれていた。私はただ嬉しいだけで、お話の内容に記憶がない。お二人は共に、龍太先生を尊敬されていることこの上なかった。大方、龍太先生の話だったように思う。ある暑い日、虚子の〈風生と死の話して涼しさよ〉の句に、「これほど涼しい句はない」とお二人が実に愉しそうに話されていたことは記憶している。雅人先生は「龍太先生」と言われる度に、顔を赤くされた。その様子に龍太先生に寄せる敬愛の深さが思われた。雅人先生は汗っかきであった。龍太先生は、雅人先生のためにお風呂をわかして下さっていたという。そして、毎回「雅人さん、湯加減はどうだい?」と声をかけられたそうだ。その話をする雅人先生は実に嬉しそうだった。

昭和五十九年六月二十九日、「雲母」ゆかりの柴田白葉女さんが、暴漢に襲われ亡くなられた。この殺人事件は、神戸新聞にも大きく報じられた。白葉女さんは、突然訪れた男を応接間に通されたという。「俳句のことで」とか言ったのだろうか。白葉女さんは、俳誌「俳句女園」を主宰されていた。暴漢は「俳句女園」の編集を手伝いたいと言ったそうで、白葉女さんは「俳句の編集なんか仕事になりませんよ。もっと地道なお仕事をお探しなさい」と諭されたのではないだろうか。私はこの記事で、白葉女さんが神戸生まれということを知った。私は俳句の世界にこのようなことが起こったことに驚いたが、それよりもその暴漢の名前に記憶があったので「あっ！」と声がでるほどに驚いた。その暴漢Yは「俳句研究」の五十句競作の佳作で、何度か私の隣に作品が載っていた人であった。その人は刑務所の句を作っていた。当時は仮想世界を句に詠む人もあったので、私は刑務所の句も仮想だろうと思っていた。Yはこの日、出所したばかりと報道にあった。この事件にも、「雲母」の人たちは大騒ぎしなかった。雅人先生だけが、ぽつんと「良いおばあさんだったんだよ。僕に雅人さんは若くていいわねぇ、なんて言ったりしてね」と懐かしそうに話された。雅人先生は、この年の年末、本店へ戻られた。

水鳥のしづかに己が身を流す　白葉女

それとは別に、子郷先生が勤務校を中途退職の決意をされたことを知った。それは、俳句一筋にとの思いからだとも聞いた。八木さんと私は、その事から子郷先生の承諾を得て、勉強会「遠方の会」を創った。会の名は、先生の第一句集『遠方』にちなんでの命名であった。

その発足のすぐ後、平成四年四月、私に思いがけないことが起きた。母が弟の所から家出してきたのである。今まで母のことが話にでてこないことにお気づきの方もあったと思う。父が早逝したので母は弟を連れ婚家を出た。父は二十九歳、母は二十二歳、私は二歳、弟は生後百日であった。私は二歳になったばかりであり、祖父母のもとに残された。そんな事情のある母であり、娘であった。結局、母の行くところは私の所しかなかった。七十歳になっての家出、その背景を思うと私は母を突き放すことが出来なかった。私は長いひとり暮らしを整理し、母と住む準備をはじめた。

「雲母」終刊と「柚」創刊

その時期に、大井雅人先生が「柚」を創刊された。電話で同人参加を勧められたが、私は会員から参加したいと伝えた。私はそれどころではなかった。母の悲嘆の思いに付合う日々であった。

その二か月後に、読売新聞に「雲母終刊」の記事が大きく載った。このことは雲母人だけでなく俳壇に大きな反響をよんだ。そして「雲母」平成四年七月号に、龍太先生の「雲母終刊について」の決意が掲載された。その内容は俳壇に俳人に大きな警鐘を鳴らした。そのことにつき、多くの俳人、文人の発言があったが、龍太先生はそのことに応えることはされず、その後、俳壇に顔を出されることもなかった。

　またもとのおのれにもどり夕焼中　　龍　太

雅人先生の「柚」創刊は、「雲母」終刊の報道がある以前のことであったが、「雲母」

終刊を知っての創刊ととる人も多く、「雲母」の人たちから、かなりのバッシングがあったという。私は「柚」創刊が、「雲母」終刊を知ってのことではないと知っていた。神戸時代の雅人先生から「子郷さんは、主宰誌を持つ気はないんだろうか？」と聞かれたことがあった。私は子郷先生にそのようなお考えがないことを知っていたので、「そういうお気持はないですよ」と答えた。「そうだろうねぇ」と雅人先生は言い、「子郷さんがやるなら、僕は全力で協力するんだけどなぁ」と言われた。そんな雅人先生だった。

雅人先生は俳誌創刊については、日銀停年退職時（平成二年二月）にその決意をされたが、龍太先生に言うことができずにいたという。数人の後押しで、やっと平成三年六月の「雲母」編集会議の後、そのことを龍太先生に申し出ることができたという。その申し出をだまって聞いていられた龍太先生がつと席を立たれた。その場が緊張でしんとしたなか、河野友人さんが「雅人さん、大丈夫だよ」と囁かれたそうだ。しばらくして編集の部屋に戻られた龍太先生は、雅人先生に「柚」と書いた半紙を手渡されたという。

雅人先生へのバッシングは、金子兜太の「海程」創刊に雅人先生が参加されたことも影響していたと思われる。雅人先生には日銀の先輩である金子兜太の誘いは嬉しかったに違いない。また、新しいことに挑戦したいとの気持ちがあったかもしれない。もちろん、龍太先生のお許しを得てのものであった。これらのことは『兜太』（藤原書店刊）に記載されている。

「雲母」神戸句会の人たち

「雲母」は平成四年八月号をもって終刊となった。「雲母」神戸句会の人たちと別れることになると、句会、吟行でご一緒した様々なことが、走馬燈のように思い出された。倉橋弘躬・美智子ご夫妻の仲睦まじいご様子（龍太先生がお二人を〈つかずはなれず倉橋夫妻〉と句にされたことがある）、奥野久之先生の凜としたお姿、吟行のお世話をしてくださった金坂豊さん、長身の紳士佐藤愚羅さん、九十歳を過ぎてお一人暮らしだった大阪眉山さん、大月鉄也さん、小田眺生さん、伊藤信さん等々。女性では川口作子さん、長良基古さん、志水瑠璃子さん、秋山ユキ子さん、織田千文さん、宮本あかりさん等々。友岡子郷先生、木村正典さん、長良扶沙さん、八木美代子さん、今井伊都子さん、三浦園子さん、山田碧さんとは、「遠方の会」でもさらに句会をご一緒することになった。「遠方の会」には、大阪句会の高木弘子さんも参加された。高木さんは個性的な句を作る人であった。

和田渓先生とは「柚」でもご一緒できた。渓先生が出された句集『月日』を「柚」誌で鑑賞させてもらったことがある。鑑賞にもならないものだったのに、先生は礼状を下さり、晩秋の吟行に誘って下さった。『月日』には佳句が多いが

さくら吹雪けば大正の空があり　渓

すいつちよの口紅はもの思はせる

頭を上に人間歩む天の川

の三句が、私は特に好きだ。渓先生は平成六年二月に亡くなられたが、その前年の晩秋に、私は渓先生に酒米で有名な山田錦の田仕舞いに連れて行ってもらった。最初にして最後の渓先生との吟行であった。渓先生は畦道にブルーシートを敷いてくださり、二人で澄んで秋深い空を見上げた。先生は暮れかかった空の田仕舞いの煙を「よく見ておくのですよ」と言われた。私はお葬儀のときに、その言葉が思い出され、畦道にこぼされた仁丹の粒の光りを思い出した。友岡子郷先生の弔辞は、親子ほども年の違う渓先生との二人吟行にふれた、しみじみしたものであった。

子郷先生と渓先生の二人吟行は、子郷先生の休みに合わせて、昭和五十九年八月に

始まり、六年余り続いた。「差しの勝負」と子郷先生が自ら称された真剣な吟行であった。出向かれた所は、丹後、加太、木曽、郡上八幡、熊野古道、利尻・礼文島、越前大野、山口八代、五箇山、隠岐、阿蘇など二十四か所である。

奥野先生との思い出は、平成に入って間のないことだったと思う。東京に所用で出かけたときに、ふと、奥野先生はどうされているかなと電話を入れてみた。たまたま先生は居られ、「昼食をご一緒にどうですか?」とのことで、私は深く考えずに指定の駅にでかけた。

先生は当時、最高裁判事という重責に就いていられた。そんな先生に、突然電話するなどは思慮のない話であった。そんな私に先生は中華料理の昼食をご馳走してくださった。先生はニコニコと盃を重ねられ、料理を楽しまれた。「雅子さん、よく来てくれましたね。久しぶりに楽しい酒です」と言われ、「最近は、どこにいても言葉に気をつけないといけないんですよ」と微笑みながら言われた。この言葉に、お仕事の大変さを、改めて感じた。それにしても、そんな奥野先生を電話一本で呼び出し、昼食をご馳走になった私は、どこまでも厚かましい人間である。その後、近くの公園を散歩した。そして、先生に誘われるままに、東京の句会に出た。

リラの花見知らぬ子供がついてくる　奥野久之

そういえば、幼い子が私たちについてきて、お母さんが「すみません」と連れもどしにこられた。先生は、そのことを早速、句にされ投じられたのである。俳句にはそういう良さもあるのだと思った。その日私はもう一泊して、翌朝早く神戸に帰った。先生は任務を終え、「雲母」神戸句会に出られるようになったが、疲れたご様子であった。そして、平成四年四月に亡くなられた。その葬儀は、天皇陛下からの献花があり、多くの参列者の盛大なものだったが、私には重責が先生の寿命を縮めたとの思いが頭を去らなかった。そして東京でお会いした日の笑顔が思い出されてならなかった。

句集を出すなんて！ 『歩く』刊行

平成四年も母のこと、職種の異動、「雲母」終刊、「柚」創刊と、私の周辺はざわざわとしていた。そんななかで、私は句集を出したいという思いが強くなっていった。当時、句集を出すということは、大ごとだった。そんなことを口にすると「十年早い！」と一蹴された。一人暮らしのＯＬには金銭的にも大変なことであった。それでも私は私の二十年をまとめてみたかった。

そんなことから、思い出につながる句を三三二句選んだ。句集を出す術など全く知らない私は、雅人先生に相談し、「柚」で企画していた「柚叢書」として出すことになった。そして、「柚」の印刷所である秋爽社にすべてを任せることにした。それでも、どこかに「句集を出すなんて！」という声を聞く思いがした。

句稿を見て「いいんじゃない」とだけ雅人先生は言われたが、句集名「歩」には大反対であった。先生は「歩くだよ。懸命に歩いてきた歩くだよ」と強く言われた。私は嬉しく思った。私の初めての句集名は「歩く」に決まり、平成五年一月一日に「柚叢書1」として刊行された。

後日、子郷先生から「せめて、帯文くらい書きたかった」と言われ、はっとした。私は「柚叢書」にこだわって、子郷先生への気配りができていなかった。後悔し、反省した。

『歩く』は思いがけず好評であった。神戸新聞に山田六甲氏（「六花」主宰）が、一面識もない私の句集に親愛な鑑賞を書いてくださった。また二、三の俳誌に採りあげられた。その多くは「白い世界」「単独行の記録」と、孤独な生き方をした女性の句と評された。私はきょとんとした。そして、自分の言葉で句を作ることの大切さを知った。

『歩く』出版記念会が、発起人友岡子郷先生で大阪で開催された。有難いことであった。「渦」の大河双魚先生、西村逸朗さん、小泉八重子さん、花房八重子さん、「雲母」の丸山哲郎さん、和田渓さん、大月鉄也さん、「南風」の上田操さん、「柚」の新しいお仲間が出席してくださった。そして、何よりも嬉しかったのは、T社のO常務からの花束贈呈であった。会社の後輩の坂本さん一家の出席も嬉しかった。幼い貴也くんには、祝辞が長く感じられたことだろう。たくさんの祝意のスピーチをいただいたが、中で、大河先生のスピーチには厳しいところがあった。あとで雅人先生が「大したもんだねぇ」と言い、「親心だよ」と言い足された。大河先生には、私が「渦」を辞めたことが信じられなかったのだと思う。

この時、雅人先生から出版祝をいただいた。先に、序文のお礼をお送りしたところ、「雅子さんからはもらえません」と返された。私がそのことで電話すると「心配しなくていいよ。お金持ちからはもらっているから」と冗談を交えて言われた。私は申しわけない気持だったが、母のことで何かと入り用だったので、有難くご厚意を受けた。『歩く』は、「遠方の会」でも八木さんのお世話で神戸元町の風月堂でお祝会をしていただいた。子郷先生をはじめとした、あたたかな会であった。

また思いがけない人から電話をもらった。その人森藤千鶴さんは「馬酔木」会員で、「馬酔木」同人の工藤義夫先生から『歩く』を勧められたとのことであった。ぜひ会いたいということで、神戸ハーバーランドで会った。会ってすぐに、私は彼女に好感を持った。そしてその後長く、今も大切な句友である。

当時、彼女はご主人の勤務地加古川に住んでおられた。その後、ご主人の転勤で高知、大分と転居された。その都度、私をよんでくださった。特に大分でのことは忘れがたい。砂風呂に入り、臼杵の石仏群を拝し、野上弥生子の生家を案内してもらった。そして、お宅に泊めてもらった。ご主人とは初対面であった。ご主人は、同じ官舎に住む後輩を呼ばれ、四人での食事会になった。千鶴さんは有名な関サバを用意してくださっていた。私はその細やかな気遣いに言葉が出なかった。千鶴さんは、ご主人を心から信頼しておられ、平気で惚気られたが、私は自然に聞くことができた。それでも結婚に際して、何でも話し合うことを条件にされたということを羨ましく思った。大らかで温かなご主人のお人柄にふれた日でもあった。

また、帰路に選んだ船旅の船室（二人部屋）で一緒になったお嬢さんは、船酔いの薬を買ったとき、応対してくれた薬局の人だった。思わず二人で大笑いした。彼女は神戸の薬科大学に在学しているということだった。もしかして、和田悟朗先生がお勤めだった学校かなと思ったりした。大分の旅は最後まで思い出深いものになった。

その後、お二人は広島（お二人の生地）に戻られた。平成十六年九月、千鶴さんは句集『卿雲』を上梓された。広島でのその記念会に出席した。その折にも、ご主人を交えて牡蠣づくしの夕食をご馳走になった。また、ご主人が停年退職された記念にお二人で来られた大津では、近江八幡で遊舟を楽しんだ。三人でということが、嬉しく思い出される。私はいまだに、お二人に何のお返しもできずにいる。

ヒロシマは振返る街落葉急　雅子

話を戻すが、母は私に内緒でアパートを借りた。私は母の好きなようにするのが良いと思った。しかし、母の精神状態を思うと、私はじっとしていられずに二人で住める所を探した。そして、その翌年平成五年六月九日に母とともに引っ越しをした。その日は皇太子殿下と雅子様のご成婚の日であった。私はテレビのご成婚パレードを観ながら、母の晩年を看ることの腹をくくった。

その平成五年「柚賞」が設定され、私は「柚選賞」に選ばれた。その授賞式のため「第一回柚全国大会」の開催される熱海ニューフジヤホテルに出向いた。五月三十日であった。母との引っ越しのわずか十日前だった。私は疲労困憊で眠り込んでしまい、本大会には出なかった。私は熱海へ眠りに行っただけだった。ただ嬉しかったのは、偶然にも往復ともに子郷先生とご一緒できたことであった。新大阪駅の近くで夕食をご馳走になったとき、「人がご飯を食べているのを見ると、何だか切なくなります」

と言うと、先生は大きく頷かれた。先生とお別れした途端に、母のことが気になった。

引っ越し後の目のまわるような忙しさの最中、雅人先生から「神戸で句会を持ってくれないか」との電話があった。少しは「柚」のためになりたいと、先ずは五人で句会を始めた。その翌月（平成五年九月）には松田青河さん、津田秋山さん、久保翠さんの出席があり、句会らしくなった。その上に豊中の田中淑子さんの出席があった。淑子さんは、竹内和子さんを思わせるような人だった。病弱な感じで、俳句が解っていた。その後も、安福重子さん、田中更紗さんの参加があり、句会後は夕食を楽しんだりした。

「第二回柚全国大会」のあれこれ

そうこうしているうちに、また難題が持ち込まれた。母が「あんたは酉年生まれみたいやなぁ。バタバタと忙しいばかりや」と言って嘆いた。本当にそうだ。私はもっと母との時間を持つべきだった。そう嘆いている間に、「第二回柚全国大会」は、神戸で、開催日は平成六年八月（夏季休暇を考慮して）と決まった。しかも大会委員長は友岡子郷先生、副委員長は川崎雅子と決まった。「責任は私が持ちますから」と子郷先生に励まされ、私はその大役を引き受けた。

大会まで十か月足らずであった。とにかく舞子ビラに予約を入れた。それから、細かな仕事を書き出してみると、かなりの仕事量がある。「柚」には、運営面の組織がなく、これらを一人でやることを考えると恐怖を感じた。しかし、相談するところがなかった。時間はどんどん過ぎていった。何とか一つ一つ片づけながら、準備は進んでいった。いよいよ大会前夜になり、若手の方たちに「私が言うと思わずに、子郷先生がおっしゃっていると思い、ご協力ください」と頼み込んだ。

平成六年八月二十七日前夜祭、二十八日の本大会と「第二回柚全国大会」は、盛会裡に終わった。それには「幡」主宰の辻田克巳先生のご講演があったことが大きかった。辻田先生をお迎えできたのは、子郷先生のお力添えがあったからであった。「柚」は創設から三年目で不慣れなことが多く、辻田先生には失礼があったかと思うが、それも子郷先生のお蔭で乗り切れた。大会終了後は貸し切りバスで神戸観光をし、新神戸駅で散会となった。

散会後、私は田中更紗さん、田中淑子さんと片野達郎夫人和慧さんはじめ仙台の三人の方たちと六甲山ホテルでジンギスカン料理を楽しみ、T社の山荘に泊まった。その日、雅人先生は数人の同人と小豆島へ行かれたとかで、更紗さんと淑子さんは怒っていた。私も遠く仙台から来られた人たちとご一緒してほしかったが、疲れて怒る気力もなかった。仙台の人たちは、関西人の率直な言動に困惑されていた。

まずまず盛会と思っていた大会だったが、私が記念撮影の打合せに席をたっている間に、事件が起きていた。そのことで関西句会の指導をしておられたN氏と編集長のK氏ほか数人の退会があった。私は後にその原因を聞いて、胸の中に暗雲が広がるのを感じた。それだけではない。私のことも「あんな暑い時にするなんてねぇ」とか、「安く出来たと自慢しているのよ」などの陰口が聞こえてきた。噂話は一のものが五になり十になる。

しかし、そんなことに傷ついている暇はなかった。急に編集の仕事をすることになった。編集の仕事は、主に校正と鑑賞文を書くことだった。そのどちらも、経験のないことであった。それも一人でやることになった。母のこと、仕事のことなどがあり、作句もままならぬ身には残酷に思われた。が、もうそこに迫っている校正をしなければならなかった。鑑賞文については子郷先生に相談した。すると先生は「文を書くことは恥をかくことです。恐れずに頑張りなさい」と励ましてくださった。ときには、名前を変えて、四稿を書くこともあったが、とにかく必死で、与えられた仕事をこなした。ある時は社内旅行の荷物に校正ゲラを入れ、宴会の途中にぬけ出し、ロビーで校正をし、翌朝ホテルのフロントから宅配便で秋爽社へ送ったこともあった。

平成七年一月初め、雅人先生をお招きして、関西の同人数人と兵庫県北部の香住へ一泊吟行をした。「今年はよく雪が降ります」との土地の人の話の通り、雪景色のなかの吟行となった。駅前で雅人先生に長靴を買ったり、井上石秋さんが大きな風呂敷を頭からすっぽり被ったりで、それはそれで楽しい吟行であった。丸山応挙ゆかりの大乗寺（通称応挙寺）を拝観し、香住の海岸を散策した。民宿では蟹料理を楽しんだ。私はどことなく馴染めなかった人たちとの吟行が、まずまず成功したことが嬉しかった。

阪神淡路大震災発生

その数日後の一月十七日未明、阪神淡路大震災が発生した。異常な地鳴りに目を覚ましたのは、午前五時半過ぎであった。「何？　地震？」と思う間もなく、ベッドが突き上げられ、左右に大きく揺れた。立ち上がることが出来ず、這って母の部屋へ行くと、母は布団を頭からかぶり震えていた。布団の上には、整理ダンスの上に飾っていたものが散乱していた。鉄製のものもありゾッとした。母の無事をたしかめて、リビングへ行くとガスストーブが転がっていた。幸いタイマーを午前六時にセットしていたので火事を出さずに済んだ。ガスの元栓を閉め、辺りを見回すと、窓のロックが外れカーテンが舞っているのが見えた。その窓から、道を隔てたマンションが見え、外階段（螺旋階段）を子供たちがバケツリレーで地上に降ろされているのが見えた。私は事の大きさに緊張した。母を励まし、マフラーをぐるぐる巻きにして、避難所の小学校へ急いだ。小学校にはすでに多くの人が集まっていた。

その小学校にも特別な情報はなく、携帯ラジオのボリュームをあげてくださる方もいたが、具体的なことは何もわからなかった。ぽつぽつ、小学校を後にして帰宅する人がふえ、私も母と帰宅することにした。その日は寒くて、神戸には珍しく雪がちらちらと降っていた。道々には早くも、「ガス管あり、危険」の板切れの札が立てられていた。東の空に黒煙が上がっていた。長田やと思い、長田に住んでいる人のことが思われたが、気持ちに余裕がなく帰宅を急いだ。

帰宅してすぐに、しばらく使わなかった電気カーペットを出し、リビングの床に敷いて母を座らせた。有難いことに電気が通じた。しかし、冷蔵庫もテレビもあらぬ方へ動いていて、使いものにならなかった。これもまた、しばらく使わなかったホットプレートを取り出し、冷蔵庫に残っていたもので簡単な食事をした。この日、はじめての食事であった。その夜、電気カーペットの上に布団を敷き並べ、二人で横になった。母は疲れ切っていたのだろう。すぐに眠った。私はひっきりなしの余震と明日からの事を考えて眠れなかった。

一週間ほど経った頃、田舎から叔父夫妻が水を入れたタンクを持って来てくれた。そして「しばらく山崎（宍粟市）に帰ってきたら」と言ってくれたが、私は仕事のこと、

「柚」の編集のことがあり、神戸を離れることができなかった。母も私から離れられないと神戸に残った。母はこの惨事に騒ぎ立てることもなく、もくもくと私に従ってくれた。私は母を見直した。

神戸新聞は京都新聞の援助で、震災当日の夕刊から発行された。その報道によると震源は淡路島北部でマグニチュード7・2であり、神戸市、芦屋市、西宮市に甚大な被害が出たとあった。十八日には、県警が死者二五七七人、行方不明者九〇一人の発表があったことを、十九日には、村山首相が視察、スイスから災害救助隊二十五人と救助犬が到着。二十日には、日銀神戸支店で都銀など十三行の預金払い戻し開始と報じた。私の住む神戸市垂水区は被害が少なかった。また、西区、北区にはほとんど被害がなかった。

震災発生後一週間を過ぎ、交通機関が動き出したとの情報に、私は出勤することにした。しかし、次々に来る市バスはどれも超満員で、ＪＲ舞子駅まで歩くことにした。約一時間ばかり歩き、ＪＲで舞子駅から須磨駅に行き、須磨からは、市バスに乗り神戸駅まで行くことになった。やっと乗れたバスは満員で、救急車、消防車、パトカーが優先で、なかなか前に進むことが出来なかった。それでも乗客は騒がず、座席を交代したり、風邪気味の運転手さんに飴をあげたりと優しかった。しかし、窓外の惨状に誰も無口だった。

神戸駅から三宮までは、また徒歩であった。その三宮の惨状はすさまじかった。フラワーロードの柏井ビルが横転し、大路を塞いでいた。高層ビルの窓は破壊され、ブラインドだろうか、ビラビラしたものが風に舞っていた。市役所もひしゃげていた。私の会社のビルは無事だったが、隣のビルは傾いていた。わが社のビルの窓ガラスはほとんど破れていた。そのくせ玄関の自動ドアはびくとも動かなかった。駐車場から事務所に入ると、すでに五、六人の社員が、がらくたの片付けをしていた。会社でも困ったのは水であった。給水車に並ぶことも大きな仕事だった。トイレは市役所前の臨時トイレを利用した。それでも利用できない場合があった。私たちは飲食に注意した。給料は日本銀行へ行き、ずらりと並んでいる銀行の中から、給料振込み銀行を探し、会社の証明書でとりあえず十五万円を受領した。それは大きな段ボールから、行員さんが手摑みで抓みだした現金であった。

会社では電気が不通のため、暗くなりかけたら勤務終了となった。帰途は神戸駅前まで歩き、そこで出来たグループの一つに並び、須磨駅まで歩いて帰ることになった。

グループといっても、誰とも知れぬ人の集りであった。グループには、おのずからリーダーが出来、その人の指示にしたがって行動した。四、五人の懐中電灯の灯りを頼りに暗い道を歩いた。それでも、不安はうすれていった。長田の手前の土手で、「休憩します！　食事をとって下さい」とのリーダーの声に、誰もが土手に座り込んで、リュックからパンやおにぎりやお弁当を取り出して食べた。それは、それぞれに苦労して得たものであった。土手に笑顔が広がった。長田区で一番死者の出たとされる所では、心からの黙祷を皆でささげた。そんな日が何日かあった。あの連帯感、優しさを、今は懐かしく思い出す。

「柚」は秋爽社の協力で、それほど遅れずに発行された。だが子郷先生執筆の『大井雅人の俳句』が天満書房から刊行されることになっており、私が索引と校正をすることになっていた。そのゲラ刷りが天満書房から届いていた。そして日が経っていた。私は子郷先生の無事も知りたくて、休日に、ゲラ刷りを持って行くことにした。昼過ぎに家をでたのに灘区に着いたのは、夕暮れだった。二月に入ったばかりで、すぐに日が暮れた。先生のお宅の辺りは、全壊、半壊で、灯りはなかった。通りかかった人に「この辺りの人は、どこに避難されていますでしょうか?」と聞いた。疲れた様子のその人は、それでも「たぶん、成徳小学校でしょう」と指さして教えてくれた。私は深く礼をして、夢中で成徳小学校へ急いだ。辺りはすっかり暗くなっていた。しかし、私に怖い気持ちはなかった。「闇夜ってこんなことなのか?」「闇に馴れるってこんなことなのかな」「月明り、星明りって良いなぁ」と暢気なものであった。

小学校の灯の前で、私はリュックの中のゲラ刷りの無事をたしかめ、学校内へ入った。そこには灯りがあったが、冷たい廊下に布団を敷いて横になっている人がいて、私は暢気な自分を恥じた。頭を下げて、帰ろうとしたとき、歩いてこられる子郷先生が見えた。「あぁ」と先生も私も声をあげた。私は『大井雅人の俳句』のゲラ刷りを持ってきたと告げ、その封筒を渡すと「有難う、有難う」と先生は言われ、帰りかける私に「そこまで送ります」と言われた。

五十分も歩いただろうか、新生田川にかかる橋の上で、先生は「屋台の一軒くらい出ていると思ったのにね」と謝るように言われた。私は、先生の優しさと疲れで涙が出そうであった。遠く、新幹線の新神戸駅の灯が見えた。先生と橋の上で別れてすぐに、市バスの灯が見え、手をあげると停まってくれ、三宮まで乗せてくれた。ほっとすると、家で待つ母のことが心配になった。『大井雅人の俳句』は、その年の七月に刊行された。そして、私は新生田川の橋の上のことを思い出しながら、発送の仕事をした。

この年の四月二十日、朝日出版社から『悲傷と鎮魂―阪神大震災を詠む』が発刊された。私の句も載っていた。その句は、それ以前に「天声人語」に載り、それを読まれた昭和電工の鈴木治雄会長（当時）が「日本経済新聞」で採りあげてくださっていた。解りやすいからだろうと思いながらも、私は俳句を作らない方に採りあげられたことが嬉しかった。この本の編集には齋藤愼爾氏が協力され、その齋藤氏を紹介されたのが瀬戸内寂聴さんであったと、編集後記に記されている。私の震災の句は、

余震なほ闇に抱きたる母あたたか　　雅子

である。私は阪神淡路大震災の句では、次の三句が忘れられない。

白梅や天没地没虚空没　　耕衣

倒・裂・破・崩・礫の街寒雀　　子郷

寒暁や神の一撃もて明くる　　悟朗

阪神淡路大震災は、私にも大きな出来事であった。通勤の乗り物に、給水に、コンビニにと並ぶことが毎日続いた。会社はお風呂休暇をくれたが、お風呂に入ることは大変なことであった。数少ない銭湯を見つけ、辛抱よく順番を待ち、囚人のように銭湯の人の合図に従って入湯し、浴室を出なければならなかった。寒い時で、バスタオルを頭からかぶって帰宅したが、家に着くと頭も体も冷え切っていた。日用品（値段シールの上にその倍近い値のシールを貼っていたデパートがあった）は並んで買えたが電気製品は買うことが出来なかった。もっと苦労している人のことを思うと苦情は言えなかった。

私は休日には避難所を訪れ、会社関係の人を尋ね、俳句関係の人を尋ねた。避難所で会えたのは会社関係の人だけであった。俳句関係の人は高齢の方が多く、ほとんど連絡がとれなかった。そして、句会に戻ってこられることもなかった。

何かと付合いのあった坂本一家が西宮に住んでいた。心配だったがすぐには行けなかった。神戸新聞には毎日のように死亡者の記事が載っていた。私は怖れていたことにぶつかった。その記事に坂本貴也くんの名を見つけた。私はあわてて西宮へ急いだ。阪急電車は動いていたが、坂本一家の家のあたりは全壊だった。私はその場で貴也くんの母親、つまり会社の後輩坂本さんの姿を見つけた。彼女は、振り向きざま私を見て「川崎さん！　貴也が死んでん！」と叫んだ。私は何も言えなかった。財布の中の持っている現金を彼女に渡し「何もできなくてゴメン！　とにかく元気でいてね」というだけが精いっぱいで、逃げるようにその場を去った。

天皇陛下、皇后陛下が長田区の菅原市場を慰問に来られたのは、一月三十一日だった。両陛下は軽装で被災者と親しく話され、励まされた。皇后さまは、皇居の庭で剪ってこられた水仙の小さな花束を供花にされた。素晴らしい女性だと思った。

天国一丁目に移住しました

交通事情が良くなった二月終わりの日曜日、私は秋爽社の今木夫妻を訪ねた。大阪は、地下街もデパートも春の色にあふれていた。私は相変わらずリュックを背負い、トレッキングシューズを履いていた。私は大阪の白い灯の下でつくづく日本は列島だと思った。今木氏は職人気質でざっくばらんな人だった。八千子夫人はおっとりとした人だった。後で知ったのだが、夫人は私と同じ年だった。とにかく、今木夫妻は名コンビであった。また今木家にはいつも猫がいたが、その日、私に何度も身体を押しつけてきた。疲れている私を慰めようとしたのだろう。

ご夫妻とは、平成四年に私の第一句集『歩く』でお世話になって以来、神戸にも二人で来られ、「バラライカ」や「杏花村」などで食事をともにしたりと気兼ねない付き合いであった。今木氏が平成二十六年五月に亡くなられてからも、八千子夫人とは親しくしている。会うことは少なくなったが、長電話で会話を楽しんでいる。

私は今木さん宅で「柚」の校正をすることもあった。そのようなことから、今木家からの帰途、「火星」の杉浦典子さんとばったり出会った。杉浦さんは「火星」の編集を担当しておられた。杉浦さんとは、菅原星夫さんが立ち上げた「西宮俳句懇話会」で、短い間だが句会を共にしたことがあった。「火星」の奥田節子さんのお世話で長浜市で一泊吟行をしたこともあった。その時、私は杉浦さんに「じっくり地蔵」というニックネームを献上した。吟行の取り組み方が「雲母」の人たちに似ていた。杉浦さんは、素材にじっと見入って動かなかった。そんなこともあったが、年月を経ての思いがけない再会で、杉浦さんと急速に親しくなった。しかし、杉浦さんは急逝された。私はもっと杉浦さんに学びたかったと、今も杉浦さんを思い出す。

「柚」の関西合同句会に出席したのは、震災後数か月がたったころだった。句会の人たちは、何も変わらず、花がゆれるように明るくにぎやかだった。私にはその場が遠い景色に思えた。こういう思いをしたのは俳句の場では初めてのことで、私は戸惑ってしまい、その日の句会を楽しむことができなかった。その後も、「遠い」という思いは払拭できなかった。

平成十年九月、「柚」神戸句会で、雅人先生に来ていただき姫路の書写山で吟行した。

私はその日かなり疲れていたのだろう。帰京後の雅人先生から「ずいぶん疲れているようだね。校正を代わってもらおうと思う」との電話があった。少しずつだが、母に手がかかりだしていたので、有難くその話を受けた。ただし「遠景近景」などの執筆は続けてほしいとのことであった。私はほっとした反面、淋しい気持ちもした。その夜、私は校正に費やした日々を懐かしく思い出した。編集の仕事を降りたことで、いよいよ関西合同句会は遠くなっていった。また、機を見るに敏な人は、私から離れていった。その上、敬愛する松田紬さんが退会され、越智郁さんも高齢を理由に退会された。お二人は魅力的であるばかりでなく、私を理解して下さり、常に励ましてくださっていた。私は大きなショックを受けた。

こういう時、人は故郷を思い出す。私は俳句の故郷「渦」のことが懐かしくて仕方なかった。「渦」の旧友たちは、そんな私を以前に変わらず句会に、吟行にと誘ってくださった。私は故郷のあたたかさに甘えた。

ことに西村逸朗さんには、さまざまな所に連れて行ってもらった。神戸市内はむろん、主なところでは徳島の脇町、余呉湖周辺、若狭鯖街道などがある。いずれも日帰りであった。また、突然「いま、時間ありますか?」と電話がかかり、明石の魚の棚

（うおんたな）の立ち飲みの酒屋へ飛んで行ったこともあった。明石のおしゃたか舟神事、網干の秋祭、川崎造船の出航式もご一緒した。島田雄作さんが一緒だったり、片山嘉子さんと一緒だったりしたが、二人きりのときもあった。恭子夫人によると「主人は、オンナオンナした人は苦手やねんよ」とのことであった。西村さんは物識りで、酒飲みで、健脚であった。西村さんは神戸外国語大学の美術部のOBで、毎年、そのOB美術展を神戸で開催していた。私が訪れると「あっち、あっち」と地下街の店で飲んだりした。

男友達で長く交流のあったのは菅原星夫さんであった。その星夫さんが亡くなったのは、平成十三年十二月二十八日だった。御用納めの仕事をしている私に、つね子夫人から電話があって、その死を知った。その翌日、お葬儀に出向いた。そこは西宮の教会であった。亡くなる前に星夫さんは入信していた。讃美歌と牧師さんのお説教の簡素な葬儀だった。つね子夫人の「夫、菅原正敏、俳号星夫は、昨日、天国一丁目に移住しました。長い間のご厚誼に感謝申し上げます。なお、故人の遺志で、頂戴しましたご香奠は、癌研究のための基金にさせていただきます。ご了承ください」との挨拶があった。「星さんには、できた嫁はんがいるよって」と皆が言っていたことが思い起こされた。また、泊めていただいた日のことなどを思い出した。つね子夫人は、賢夫人であった。

星夫さんとは、「渦」「西宮俳句懇話会」「羽衣句会」で一緒だった。また、通信句会「円卓」でも一緒だった。「円卓」は中野さん夫妻、星夫さん、花房さん、長尾信子さん、私の通信句会だったが、一泊吟行なども楽しんだ。幹事は私であった。星夫さんとの京都など近郊への吟行は数えきれない。一番思い出すのは、鳥取砂丘へ行った日のことである。砂丘に寝転んだりして句は作らなかった。鳥取駅前の店で飲んでいて、乗るべき列車に間に合わず、つね子夫人に電話を入れると「その辺には三朝温泉いうのがあるでしょうが、泊まってきたら」との返事があった。二人で大笑いして、最終列車で帰った。これが二人での最後の遠出になった。

その翌平成十四年四月、思いがけず中野隆夫（宇合健）さんが亡くなった。私には突然の訃報だった。その十日ほど前に病院へ見舞に行き、もうすぐ退院ということを聞いたところであった。そのとき澄子夫人は帯状疱疹で、ベッドを並べて入院していた。お二人とも、退院の用意などをして、笑っていたのに……。

私は中野隆夫さんの本名が近義さんであることをその葬儀で初めて知った。中野さんは一時期、朝日新聞の土曜日の夕刊に、宇合健の名で「寝たきり関白」というコラムを書いていた。また、隆夫さんは高石市の昔話を書いたり、絵本『ほたるぶくろ』（絵・鈴木靖将）などの文筆活動もしていた。「寝たきり関白」の執筆を辞したのは、穏やかな暮らしにもどるためだった。

中野さん夫妻は、私を妹のように接して下さった。澄子さんとは二人で奈良、神戸、京都などを散策して、おしゃべりを楽しんだ。隆夫さんはお留守番を楽しんだ。そんな隆夫さんは、「僕は誰が見ても身障者で優しくしてくれるが、まあちゃんはどんなに心が傷ついていても、誰も気付かんのやろなぁ」と言ってくれたりした。隆夫さんの葬儀も教会でのものだった。讃美歌と牧師さんのお説教のあと、参列者で紅茶とお菓子をいただいて散会になった。帰りかけた私を澄子さんが引き止め、澄子さんの弟さん、妹さんとご一緒に夕食をいただいた。

私はくらくらしながら帰宅した。その家を訪ねたことのある母が「どうやった？」と聞いた。私は手短に葬儀のことなどを話した。母はしんみりと聞いていた。

母は私が出かけようとすると「どこへ行くの？」と聞き、「句会」と答えると「そうか」と言って留守番をした。句会は黄門さまの印籠みたいだった。が「友達のところ」と答えると「ついて行ったらアカンか?」と聞き、友達の了解を得て二人で出かけた。中野さんの所もそうだったが、岸和田の相良美奈子さん宅などへも二人でお邪魔した。また母とは二人で、奈良西大寺、近江八幡、彦根などの近郊に行ったり、北海道、東北、東京、高知、山口などの遠出もした。母は明るさを取り戻していった。そして、偶然に再会した佐藤さんとカラオケや温泉旅行やちょっとしたイベントに出かけた。ご主人にも親しくしてもらい、お宅へもお邪魔していた。佐藤さんは母よりも十歳ほど若く、世話好きな人であった。私は人生捨てたものじゃないなぁと思い、年とってからの友達の大切さを知った。

私は平成十二年から「柚」への投句を休んでいた。だが『柚鑑賞歳時記』の編集をしていたので、西下の雅人先生にその草稿を新大阪駅で手渡した。ご子息の雅文さんに付き添われた雅人先生は、ずいぶん老けて見えた。草稿を渡したあと握手を求められた。その手は春なのに手袋で覆われていた。そして、その手は手袋を通しても冷たかった。私は先生の病状が進んでいることを感じた。『柚鑑賞歳時記』は、無事その年七月に刊行された。

私は雅人先生の冷たい手にふれて、雑事に追われ勉強を怠っていることにハタと思い至った。私は「遠方の会」以外にも勉強したくなった。勝手な人間だと自分でも思った。そんな時、「ふらんす堂句会」が神戸にあること、しかも日曜日だったか休日だったので入会した。講師は西村和子先生であった。お名前は俳句雑誌などで知っていたが、私には未知の人だった。句集も読んだことがなかった。慌てて、西村先生に関する本を買ったりした。西村先生はその随筆集で、慶應義塾大学の俳句部で清崎敏郎先生に師事し、清崎先生に毎月百句見てもらったと書いていられた。そして、子育ての間も句会を休まれずに続けられたとあった。私は圧倒された。才能に恵まれ、知的環境に恵まれているだけの人ではなかった。

また、西村先生の講評は鋭くて、テキパキとしていて気持ちがよかった。先生は句会が終わると「時間のある人は行きましょう」と声をかけ、地下街の飲食店に入り、ニコニコと席につかれ、「乾杯!」と生ビールのジョッキをあげて飲まれた。そんなところにも意外な感じを受けたが、好感を持った。句会は「知音」の人が主であったが、先生は、特にそのことに拘ってはいられないようだった。行方克巳先生が神戸に見えたときも、私を呼んでくださった。先生はご主人の転勤で関西に来られたとのことであった。それを好機と前向きにとらえられ、宇多喜代子先生はじめ関西の俳人と積極的に交流されていた。友岡子郷先生とも句会を共にされたと聞いた。関西の行事を見て歩くことにも熱心であった。私は仕事の上で欠席することが多くなり、短期間で辞めさせていただいた。失礼なことであった。その後、先生も東京へ帰られた。

大阪に慣れて淋しき冬帽子　和子

ここ！　ここ！　ふらんす堂京都句会

私は母のこともあり、停年の少し前に退職することにした。閑職になったところへ、旧知の小山田真里子さんから「大山崎で田中くんが句会やっているのよ。どうですか?」と誘われた。田中裕明という名前に懐かしい感情を覚え、すぐに「行く、行く」と二つ返事で答えて、「ふらんす堂京都句会」に出席した。当日、五句ほど用意して行ったが、投句はすべて席題だった。「渦」時代の袋廻しを思い出して、何かしら嬉しかった。出題は田中先生ご本人で白板に大きく書かれた。その年の夏に「火取虫」の題が出た。私は次の句で田中先生の特選を得た。

火取虫聖書の文字のぎつしりと　雅子

若い田中先生の選に入ったことで、私は俳句を続けていけそうな気がした。田中先生は、会場の「大山崎ふるさとセンター」で見たものでも句にされた。あるとき、ジョン・レノンの眼鏡の句がでた。作者は田中先生だった。句を覚えていないが、思いがけない「ジョン・レノンの眼鏡」の句を私は選んだ。句会の後、トイレに行ったとき、ロビーの案内板にジョン・レノンの広告が貼ってあった。私は田中先生が好きになった。

ふらんす堂京都句会は「ゆう」の佛原明澄さんが幹事をされていた。名幹事であった。そして創刊間のない「ゆう」の人たちが中心だった。西澤麻さん、対中いずみさん、鬼野海渡さん、川口真理さん、西塚洋子さん、松本秋果さん、市川薹子さんなど、それぞれに魅力的な句を投じておられた。私は、若く優れた人たちに混じる嬉しさに興奮した。

そして、嬉しかったのは、旧知の小山田真里子さんに再会したことであった。真里子さんは少しも変らずに、少女のようであった。私は真里子さんのお宅に二度お訪ねしたことがあったが、ご両親ともに、素朴で温かい雰囲気の方であった。お父さんは、土産に持参したビールを喜ばれた。

ふらんす堂京都句会では、句会が終わった後、会場近くの喫茶店へ行った。その店ではアルコール類も飲めた。私は飲むことで、句会の間の緊張が解けるのが嬉しかった。その上、飲めるのは先生と明澄さんと私だけだったので、先生の左右に明澄さんと私が席を占めることができた。先生はお酒が強かった。少しも乱れず、ニコニコと飲んでいられた。後日、「俳句」だったか「俳句研究」だったかの「俳人日誌」に、そのことを書いていられた。私は嬉しくて、その記事を何度も読んだ。先生が亡くなられてから数年後、その喫茶店を訪ねたことがある。店の人が「田中さんは皆さんと別れた後、戻って来られ、飲まれたことがよくありました」と話されて驚いた。そして、懐かしいお顔を思い出した。

田中先生を思うとき、どうして「懐かしい」感情になるのかを考えてみると、それは「貘」につながるように思う。「貘」は、私の故郷宍粟市山崎町から出ていた大学生、高校生の文芸誌であった。その発行人の新間達也さんは、山崎高校の音楽教師であった。そして「渦」同人（新馬立也）でもあった。新間さんは、神戸に来るたびに電話をくれ、夕食を共にすることもあった。「貘」は毎号送られてきた。そして、その礼状が「貘」に載ったこともあった（これには抗議した）。その中に、田中裕明の名があった。「貘」の会が須磨で行われたとき、新間さんに呼ばれて行ったこともある。その後の田中裕明さんの「角川俳句賞」の受賞などの記事も、私は懐かしく嬉しく読んだ。

このふらんす堂京都句会で、私は「藍生」の出井孝子さんという句友を得た。出井さんは髪を一つにまとめた美しい人であった。私が二回目に出席したとき、出井さんは私の顔をみるなり、「ここ！　ここ！」と、自分の隣の席を指し招いた。そしてその後、私は出井さんの横に座ることになった。

出井さんとは急速に親しくなり、翌年の桜のころには、お宅に泊めていただいた。また黒田杏子先生はじめ、陶芸家の橋本薫さん、滝川直広さん、出井さんの次女の幹子さんとのご縁をつないでくださった。橋本さん、滝川さんは「藍生」の会員さんであった。橋本さんは私の退会後の「渦」にしばらくおられた。また「とちの木」に、長年にわたりエッセイ「里山雑記」を書いてもらっている。

出井さんには、住んでおられた長岡京の長岡天神、光明寺などを車で案内してもらった。ある時は「あの家が松方弘樹の家よ」とか、観光地でないところも案内してもらった。山道といったところで猟師の一団に出会ったこともあった。そこには撃たれた猪が、ど～と大きな体を横たえていた。眠っているようにも見えた。かなり強い印象を受けたが句にはできなかった。そのときの私には、出井さんの車の運転の方が怖かった。

女が惚れる観音さま黒田杏子先生

その頃、私は角川選書の『証言・昭和の俳句』を愛読していた。ご存知の方も多いと思うが、この書は、総合俳誌「俳句」に連載された「これだけは語っておきたい。これだけは聞きたい。」というキャッチフレーズで大好評だったものを出版したもので、聞き手は黒田杏子だった。語り手は桂信子、鈴木六林男、草間時彦、金子兜太、成田千空、古舘曹人、津田清子、古沢太穂、沢木欣一、佐藤鬼房、中村苑子、深見けん二、三橋敏雄と錚々たるメンバーで、名前を聞いただけで、わくわくする人たちである。これらの俳人の肉声が聞こえてくる好書であった。私は表紙の終戦直後の東京の写真（上巻）、東京オリンピックの写真（下巻）も好きだった。私があまりに、それを褒めるので、出井さんが黒田先生からサインをもらえるようにと、あんず句会の行われている京都嵯峨野の寂庵へ連れて行ってくれた。私は庭にいたが、句会場の障子が開き、廊下に出てこられた黒田先生からサインがもらえた。

二度目に寂庵へ行ったのは何のためだったのだろうか、思い出せない。出井さんの親切だったと思う。私は句会の終わる少し前に、寂庵の四阿で句会の終わるのを待っていた。その折もどなたかが障子を開けられた。そのとき、杏子先生は私を認められ、中に入るように勧めて下さった。句会は終盤に近く、瀬戸内寂聴さんのお話で終わった。寂聴さんは、映像で見るより小柄であったが、つやつやとお元気だった。

その会の帰途、出井さんの車で嵯峨嵐山駅近くへ出て、杏子先生と出井さんと滝川直広さんと私の四人で軽食をとった。出井さんは、杏子先生に「この人、杏子先生のこと観音様みたいに言ってるんですよ」と私を紹介した。困ったなぁと、私は思ったが何も言えなかった。先生はニコニコしていられた。その後、出井さんは滝川さんと車で、杏子先生と私はＪＲ山陰線でと別れた。これも出井さんの親切だったかもしれない。

山陰線の車内は混んでいたが、杏子先生の座席は見つかり、私はその側に立てた。私はのぼせ上がったままだったが、やっと「昭和の証言は、伝統派ではなく、前衛っぽい人の証言が多いですね。どうしてでしょうか？」と尋ねた。すると先生は「それは面白いからよ」と言われた。私は何ともいえず嬉しかった。その時、Ｓ常務の話をするのを、すっかり忘れていた。

京都駅の混むホームを歩きながら、先生は「出井さんと仲良くしてね」と言われた。私は「ハイ」と短く答えた。私は新幹線の改札口までお送りするつもりであったが、先生は「あなた、神戸も遠いでしょう。私は旅馴れてるからここで」と大阪・神戸方面行きとの表示の前で言われた。私は「そうですね。背後霊みたいにくっついているのも変ですね」と、とんでもない返事をした。先生はクスッと笑われ、さっさと新幹線乗り場へ向かわれた。私は嬉しいのか恥ずかしいのか分らぬまま、その姿を見送った。


「平成十六年四月初め、夜になってから、出井さんから「あんた、隠岐の島に行く気ない？」という電話があった。私は隠岐は、加藤楸邨の句から、何時か行ってみたい所であった。「何時？」と聞くと「四月十日」ということで、考える暇もなかった。が、このチャンスを逃すと二度と行けないような気がした。「行きます。よろしくお願いします」と答えていた。母もまだ元気であったこともあり、母には事後承諾という形で出かけた。

出井さんとはＪＲ山陰線の車内での待合せであった。空いている車内に、出井さんは悠然と座っていた。その服装は、いつものように優雅なものであった。私はいかにも旅行着という姿であった。境港からフェリーに乗船したが、それだけで旅の気分が味わえた。そのフェリーの中で出井さんから、この隠岐行きが「藍生」の吟行であることを聞いた。そして、出井さんが「結社外の人でも参加できますか」と杏子先生に聞き、「川崎雅子さんのこと？　いいよ」とのご返事があったことも聞いた。私は何も考えずに隠岐へ向かっていたのだった。こういう間抜けなところは直せない。恥をかくことも多いが、チャンスをいただけるような気もする。私たちは海士町の後鳥羽上皇御火葬塚で記念撮影をした。

さまよふは人ただよふは山桜　杏子

の句が頂いた記念写真に記されていた。出井さんと私はオプションのグラスボートでのツアーを楽しんだ。そのコースに牡蠣の養殖場も入っていた。出井さんは「私は牡蠣があかんのよ。覚えておいてね」と私に伝えた。そこで立派な牡蠣を頂いた。一人一個ということだったが「もう少しどうですか」と係の方が、残りの牡蠣を示された。出井さんが、さっと手を上げて二つ目の牡蠣を食べていた。私はあわてて出井さんの側に行ったが、フフフと笑っていた。出井さんは、心配していた牡蠣にあたることもなかった。私はいよいよ出井さんが好きになった。

その晩、大広間で句会があり、小宴が開かれた。そして、先に決まっていた隠岐観光募集句の表彰と、当日詠の表彰があった。出井さんは杏子先生の当日詠の選に入り、滝川直広さんが特選に入った。私は宇多喜代子先生の選に入った。宇多喜代子先生に「先生とは、ずいぶん昔にお会いしました」と言うと、「何時、どこで？」と聞かれたが、人が押し寄せてきて、答えないままになった。

翌朝、朝食のために食堂に行くとすでに満席だった。出井さんと私がうろうろと席を探していると「ここ空いてるよ」と杏子先生の声があった。そこは端ぢかの席であった。主宰は上座みたいな概念を持っていた私は軽く驚いた。そして、出井さんとその席についた。そこには石寒太氏がいられた。石寒太さんには、「渦」の二十代三十代特集の鑑賞を書いていただいた思い出があり、そのことを、前に座っていられる寒太氏に言うと「そういうことあったなぁ」と言われた。すかさず「それ、どんな句？」と杏子先生が聞かれた。ちょっと迷ったが

振り返るたびに桜の波がしら　雅子

とモソモソと言うと「いい句じゃない」と杏子先生が言われた。隠岐吟行は、晴天に恵まれ楽しく終った。帰宅してから、ご主人が写真家であることを知っていながら、杏子先生に写真を送った。それは楸邨の句碑の前で句を案じていられる先生のスナップであった。しばらくして、杏子先生から「大きくして、送ってくれませんか」との手紙と次句の色紙が送られてきた。

百歳を越ゆるどなたも花衣　杏子

この句は「俳句」に載っていた句で、隠岐の朝の食堂で、私が「この句、好きです」と言った句であった。それは桜色の石州和紙いっぱいに書かれていた。すばやい対応であった。他結社の無名の私に応えてくださった先生に感激せずにいられなかった。杏子先生は、女が女に惚れる女性だと思った。

そんな！　田中裕明先生ご逝去

ふらんす堂京都句会は、私に俳句に向かう気持ちを新たにさせてくれた。しかし、田中先生は平成十四年五月に左足骨折で入院され、七月に退院されたが、九月に病気入院された。その頃から、西澤麻さんを句会で見なくなった。出井さんから、先生の病気が容易ならぬことを聞かされた。麻さんは、先生の病状を知っておられたのだ。麻さんは俳句をやめられた。麻さんの田中先生への敬慕は深かった。私は桜井照子さんを思い出した。平成十五年になっても、先生の病状は好転しなかったが、俳句活動を精力的にこなされていた。病いをおして「ふらんす堂句会」の指導にも来られた。先生は太字用の万年筆を使っていられた。そして、何か書かれたあとは、必ずキャップをしめられた。その指があまりに白いので、私はハッとした。平成十六年に入ると、先生の指は爪まで白かった。私は、そのことを出井さんにも言わずにいた。先生の病気のことを聞いてみたが、誰も具体的なことを教えてくれなかった。先生は、平成十六年十二月三十日に亡くなられた。先生は四十五歳だった。
この年にも田中先生は病院から、ふらんす堂京都句会に出て来られた。あるとき、喫茶店で「これ、鈴木先生からのハガキ」と私に鈴木六林男先生からのハガキを見せられた。そこには「病気のため、執筆の件、お許しください」とのことが書かれていた。田中先生は鈴木六林男先生からのハガキを嬉しそうに見せられたのに……。鈴木六林男先生は、平成十六年十二月十二日に亡くなられた。その四日後、十二月十六日には桂信子先生が亡くなられた。そして、田中裕明先生逝去と立て続けに関西の有力俳人が亡くなられたのであった。私は出井さんと田中先生の御葬儀に参列することができた。大峯あきら先生の弔辞、御父上の胸を打つご挨拶、そして、何よりも森賀まり夫人の御姿が心に残った。「参列者として」と小山田さんに頼まれた彼女の写真を見せると、かすかに微笑まれた。私はまりさんに感じ入った。お棺のなかの先生は、いつもの眼鏡をかけ悠揚とされていた。そして、どこか幼いお顔だった。

爽やかに俳句の神に愛されて　裕明

その平成十六年、「柚」豊中待兼句会メンバーの「柚」大量退会があった。私がそれを知ったのは、平成十七年早春の田中裕明先生を偲ぶ会でのことであった。その会で日美清史先生から聞いた。その夕方、雅人先生に電話を入れた。先生は「いいんだよ。どこでも俳句を作ってくれれば」と小さな声で言われた。その声は、地獄の底から聞こえてくるかのようであった。機械というものを通しての声は残酷であった。私は暗澹として、電話機の前に座り込んだ。その後、そのいきさつを知ったが、そんなことはどうでも良かった。私はその頃、「柚」をやめたいと思っていたが、雅人先生の悲しみにふれて、「柚」にとどまることを決めた。

そんな私に、友岡子郷先生の句会解散の決意が告げられた。先生は平成十年二月から軽い脳梗塞を患っていられた。その病軀をおして多くの句会に出ておられた。考えてみれば有難いことであった。この後は執筆活動を主にとのことであった。平成十六年十二月に「遠方の会」は解散となった。私はずっと「遠方の会」を大事にしていた。契約の関係で、解散にならない句会もあったが、母のことを考えると、それらに参加することはできなかった。また、私は先生の「執筆活動を主に」の言葉を大切に思いたかった。

しかし口惜しかった。その口惜しさは理屈ではなかった。私はその口惜しさを、子郷先生の句集を読み直すことで紛らした。そうしているうちに、それを三六五日に分け、一句ずつ、思い出とともに鑑賞しようと決めた。対象にした句集は、『遠方』『日の径』『未草』『春隣』『風日』『翌』『葉風夕風』のその時点で出されていた句集の全てであった。ことさらに暑い日、私は思い切って子郷先生に電話して、そのことを話した。先生は喜んでくださり、できた分を送るように言われた。私は三月までの鑑賞分を郵送した。先生のご返答は「ぜひ出版するように」とのことであった。私は緊張して、そのお便りを読んだ。そして、思いたった日から一年余りの平成十八年四月十八日に『友岡子郷俳句365日』はふらんす堂より刊行された。

この出版に関して子郷先生からご厚志を受けた。三百部発刊のうち、百二十部を先生が買って下さった。「私は売ることができますが、あなたは大変でしょう」とおっしゃって下さった。

ある日、明石のジュンク堂書店で『友岡子郷俳句365日』を手にとっておられる男性がおられ、「いい本ですよ」と勧めておいた。ふらんす堂のご厚意で、『友岡子郷俳句365日』は書店に置かれていた。この時の男性から、子郷先生の「小野市詩歌文学賞」の授賞式の会場で声をかけられた。私は忘れていたが、その方は私を覚えておられた。子郷先生は、平成二十四年刊行の句集『黙礼』で「第五回小野市詩歌文学賞」を受賞された。その人は、「私はその後、すっかり子郷先生のファンになり、先生ご指導のカルチャーに通いました」と丁寧に挨拶された。私は嬉しく驚いた。

話が前後するが、雅人先生の病気は良くならないと関東の人たちに聞いた。それでも先生を励まそう（多分）と平成十七年十一月二十六、二十七日の両日、東京上野の水月ホテル鷗外荘で「第七回柚全国大会」が開催された。両日ともに、小春日和のおだやかな日であった。雅人先生は、ご子息の雅文さんの付き添いで、車椅子での登場だった。その姿にハッとした。豊中句会の退会、動脈瘤の手術などの大事が続き、先生は、もう私の知っている先生ではなかった。それでも、当日の参加者は五十三名とまずまずの数であった。宴の途中で先生は退席された。私は、そのお姿に悲しみが広がっているように感じた。

先生は大会で「身体のこともあり、雑談でゆるして下さい」と前置きされ、蛇笏先生のこと、龍太先生のことを、そして森澄雄はじめ多くの人との出会いの大きさを話され、「人の出会いと、自然との出会いを大切にして欲しい」と締めくくられた。

しかし、先生の声はマイクを通しても弱々しく、元気なころの大きな声を知っている私には、講話は切なすぎた。先生はどんなにお辛かったことだろう。私は先生のお顔を見ることができなかった。

翌朝、食堂への廊下で雅人先生とばったりと出合った。先生は「幽霊じゃないよ」とおどけて見せられた。それは私の知っている先生だった。私は先生の思い出にとそのことを胸深くしまった。

平成十八年に友岡子郷、日美清史両先生の「柚」退会があった。同年十月に「柚」に長く連載された友岡子郷先生の『飯田龍太鑑賞ノート』が角川書店から刊行された。六百頁に近い大作で、龍太俳句を解く多くの示唆に富み、すぐに売切れとなった。そのことを雅人先生は喜ばれたが、淋しい感じが声にあった。同じ平成十八年四月には、私の『友岡子郷俳句３６５日』の刊行もあり、雅人先生の淋しさを想うと、私は居ても立っても居られない気がして、雅人先生に電話で「先生も句集を出されませんか?」と用件のついでに言うと、先生は「そうだねぇ」と久しぶりに明るい声で言われた。

平成十八年の秋だったと思うが、黒田杏子先生が伊丹の柿衞文庫で講演されるとのことで、西塚洋子さんと出かけた。当時はよく洋子さんと出かけた。講演会は満席であった。展示品をみて帰りかかると、会場に杏子先生が演台で書き物をしていられるのが見えた。戸が少し開いていた。思いがけず「あんた用があるんじゃないの?」と杏子先生の声がかかった。私はバッグに入れておいた『友岡子郷俳句365日』をお渡しした。先生は「新幹線のなかで読むわ」と言ってくださった。やはり、杏子先生は観音様であった。

淋しい、淋しい秋

私は「遠方の会」「ふらんす堂京都句会」「柚神戸句会」の三ヵ所の句会に出ていたが、平成十八年から「柚」神戸句会のみに出ることになった。翌平成十九年二月二十五日、飯田龍太先生ご逝去。私もショックを受けたが、雅人先生、子郷先生のお気持ちを思わずにいられなかった。三月六日の御葬儀に、子郷先生は日美清史先生と参列された。雅人先生は雅文さんに付き添われ車椅子で葬儀に参列された。雅人先生の心身への影響は大きかった。その翌二十年五月号から、「柚」は休刊になった。

平成二十年十月十一日親友中野澄子さんが、同十一月二十六日に大井雅人先生が亡くなられた。私は立ち上がれなくなるほどの打撃を受けた。お二人が私に下さった思い出は数えきれない。もし母の介護という大事がなければ、私は寝込んでしまったかも知れなかった。

中野澄子さんとは、ご主人の中野隆夫さんを含めての長く、深い交流であった。私が連絡をしないことが続いても、お二人は少しも変わらずに接してくださった。隆夫さんの死後も、二か月に一度は、高石の家に澄子さんを訪ねて、思い出話に花を咲かせた。話が尽きないのが不思議だった。また、二人で交換エッセイを毎月続けた。特別な事は書かれなかったが、お互いの生活を知ることができた。

そんな澄子さんが隆夫さんの死後、荻野さん夫妻と我が家へ来られたことがあった。外出することの少ない澄子さんは、舞子の海辺に、明石海峡に架かる大橋に感激し、我が家への街路に樹々が多いことを喜んだ。澄子さんが以前、舞子へ来た時は、私は一人暮らしで、今よりもずっと下の方に住んでいた。わが家が近くなり「この上に健康公園というのがあるのよ」と坂の上を指すと、澄子さんは「行ってみたいわ」と言い、車を駐車場に停め、四人で坂を登った。春先の気持ちの良い日だった。

健康公園の手前に教会があった。それを見つけると、澄子さんは寄ってみたいという。澄子さんはクリスチャンであった。教会に入ってすぐに「あっ！」と澄子さんが声をあげ、「八代先生！」と銅像を指さした。私も同じように驚いて声を出した。八代斌助氏は日本聖公会の主教であり、友岡子郷先生が長年勤務された松蔭女子学院の院長でもあった。子郷先生は『友岡子郷・自解１５０句選』（北溟社刊）で、氏の豪快にして温かい人柄にふれていられる。氏は相撲業界から誘いがあるほどの巨体であったとも書いていられ、私は何となく氏に親しみを感じていたのだった。そう言えば教会の前の神戸国際大学付属高等学校（旧名・八代学院高校）も八代氏が設立されたとか聞いたことがあった。教会の扉はいつも開いていたが、私は入ってみたことがなかった。

澄子さんから「私、検査入院することになったの」と電話があったのは、平成二十年の初夏のことであった。私は額面通りに受け取っていた。私は母のこともあり、なかなか見舞いに行けなかった。病院からの手紙も間遠くなり、不安になり、私が病院を訪れたのは、まだ暑い日ではあったが、暦の上では初秋であった。そして、病状が重いと感じた。私はトイレを済ませた澄子さんを、ベッドに抱えあげることが出来なかった。オロオロするばかりだった。そんな不器用な私に、澄子さんは「どうしたの？何かあったの？」と私のことを心配するのだった。「見舞いにきただけよ」と言うと、澄子さんはベッドに横になったままで微笑んだ。その後、母のことなどで、見舞いに行くことができなかった。その間、澄子さんのことが心配でならなかった。そして、見舞うための用意をしているところへ、弟さんから「姉が亡くなりました」と電話が入った。私は「すぐに行きます。今から行きます」と答え、母に澄子さんのことを伝えた。「そうか」と母もしょんぼりした。

　私は高石の教会へ急いだ。そこは隆夫さんの葬儀のあった教会であった。もう弔問の方が集まっておられた。大方が教会の方で、俳句関係の人は見当たらなかった。弟さんが「俳句関係は雅子さんだけに」と聞いていたと言われた。私は最後に会った日のことが思い出されて、もっと見舞いに行くべきだったと澄子さんの額に手を置いて謝った。澄子さんの額は、もうこの世のものではなかった。

　私は呆然と暮れかかった高石の町を後にした。「夕焼がきれいよ。そちらはどう?」と電話をくれた澄子さん、その声が聞こえてきそうだった。その後、私は母の介護になれ、母を抱きあげるコツをおぼえた。そして、母を抱き上げるたびに、澄子さんをベッドに抱き上げることができなかった日のことを思い出した。

　雅人先生は、私にとっては年の離れた兄のようであり、年若い叔父のようでもあった。私は先生が信楽焼の狸に似ているので、ふざけて「タヌさん」とよんだりした。万事に不器用な先生だった。それだけに純なところがあった。先生の死はある程度は覚悟していたが、現実になると、どすんと深い穴におとされたように思った。お通夜は同十一月二十九日、本葬は三十日だった。私は母に「俳句の先生が亡くなったの、東京へ行くんやけど」と短く言った。年老いた母に私の不在はつらいことだと思ったが、ショートステイに預け、振り切るように東京へ向った。

東奔西走、南船北馬

私は立川に宿をとり、案内にあった日野市の寺に急いだ。「柚」の東京句会の人たちが受付けをしていた。関西からの会葬者は私一人だった。お通夜のとき、東京句会の清水正彦さんと先生のお顔を拝見した。清水さんが「先生！　おれは先生のことが好きだったんだよ！」と大声で言って泣いたので、私も思い切り泣いた。先生はお地蔵様のようなお顔で眠っていられた。

その夜、先生の生まれ育たれた本照寺（山梨県韮崎市）の坪井上人が、「私は義興（雅人先生の本名）さんのお父さんに一方ならぬお世話になりました。ここに俳句の方がお集りのようですが、句碑をお建てになってはいかがですか」と言われ、一同大賛成だった。

本葬の日には関西からも二、三の会葬者があったが、俳句関係の人の会葬は無かった。それはそれで良かったが、「雲母」関係の人の参加がないことが淋しかった。

能登の梅消え入りさうに花をつけ　雅人

人偲ぶとは語ること夏木立

雅人先生ご逝去後、「柚」終刊号作成の仕事があった。母を説得し、私は関西から一人その編集会議に出席した。長く編集業務をしてきたし、多少の意見もあったが、東京の人たちの意見に従った。それで良いと思った。とにかく、大事なのは、「柚」終刊号の発刊であった。そのための協力をしなければならなかった。そんな私に、編集会議のあと大木康志さん、中野正義さん、三ツ木美智子さん等の藤沢句会の人たちが二次会を開いてくださった。私は嬉しかった。誰もが雅人先生の死に実感がわかず、以前に変わらぬ二次会だった。

翌朝、中野さんが私の泊まっているホテルに来られたそうだ。私は眠れぬまま、早朝に宿を発っていた。後で中野さんから聞いたが、「朝食を一緒に」との奥様の提案に、急いでホテルへ来て下さったそうだ。私は中野さんと親しくなってから、毎年、いかなごのくぎ煮を中野さんに送っていた。もちろん自分で煮たものであった。神戸西部では、いかなごの季節（三月初め頃）には、家々からくぎ煮の匂いがするほど、多くの家でくぎ煮を作り、親類縁者に送る風習がある。そんなある年、中野さんの奥様から「有難うございました。どうやって煮るんですか?」とのお電話をいただいたことがある。奥様は明るい声の人だった。電話機を通してサッパリしたお人柄が伝わった。そんなこともあり、朝食のお誘いがあったのだと思う。私は奥様に会うチャンスを逃したことが悔やまれた。だが、中野さんご夫妻が亡くなられてからも、ご息女の節子さんとの交流があり、感謝している。

また大木康志さんとは、雅人先生の死後も、時折「雅子さんよ〜」と電話がかかってきて、長々と雅人先生の話などをした。大木さんの亡くなられたとき、ご連絡をいただいたが、母のことで参列できなかった。ただ、ご息女園美さんが俳句を作る人で、交流がある。最近、飛田園美さんは石寒太氏主宰の「炎環」に入会した。

「柚」終刊号は、東京句会の人たちと秋爽社今木さんとの意見が合わず、今木さんが印刷辞退を申し出て暗礁に乗り上げた。これも大木さんの依頼で、私が今木さんに謝りに行った。いろいろあったが、平成二十一年五月号を終刊号として刊行された。

その後、雅人先生のご子息雅文さんから、平成二十年の休刊に対する「柚」誌購読料十か月分が、礼状とともに返済された。雅人先生と雅文さん、父子ともにお金にきれいであった。

大きな虹が！　大井雅人句碑除幕式

あとに残されたのは句碑建立であった。あのお通夜のことは、大方の人は忘れたのだろうか。いつの間にか私の仕事になっていた。私は先生の生地を知らなかった。句碑を建てるにあたり、初めて韮崎の駅に降りたった。駅前の小さなスーパーで供花を買い、タクシーで本照寺へ向かった。釜無川の橋にかかったとき、ふいに「こんな寂しい所で！」と涙が出そうになった。雅人先生は磊落に見えて、心の底は淋しさでいっぱいの人だったと改めて思った。タクシーの運転手さんは無口な人で、そんな私に気付いていたが、黙って本照寺で降ろしてくれた。大井家の墓には、晩秋のやさしい日差しが降り注いでいた。そして、東京句会の戸澤みつるさんのお世話になった宿で、私は何度も窓の外を見た。淋しい景色が闇を曳いていた。

本照寺に雅人先生の句碑が建ち、句碑開きが行なわれたのは平成二十二年十二月三日であった。先生が亡くなられてから二年が経っていた。句碑開きの日、朝方の雨があがり、句碑を開くときには晴れ上がり、虹が大きくかかった。

句碑建立については、坪井お上人の一方ならぬご尽力があったことを忘れてはならない。また、建立につき寄金を募ったところ、多くの方のご協力を得た。このようなことも、いつの間にか私一人の仕事になっていた。しかし、寄金をいただくことで多くのことを知った。一口二千円で寄金を募ったところ、遠く富山氷見の女性が五口の寄金を送って下さった。氷見には句会もなく、投句のみの会員さんだった。私は瀬戸内寂聴さんのエッセイに「お金持ちの家では居留守をつかわれ、ここはお気の毒と通り過ぎようとすると、お坊さん、お坊さんと追いかけてきて喜捨する」との一節があったことを思い出した。句碑建立は大変な仕事だったが、多くのことを学ぶことができた。

句碑開きの日、雅人先生のご子息雅文さん、実妹恵美多恵子さんが参加してくださった。多恵子さんは本照寺辺りの柚子を摘んでくださり、先生の大好物だったという虎屋のきんつばを、ひとりひとりにお土産にくださった。その後、多恵子さんは、「とちの木」の記念会に必ず出席してくださっている。

柚子すべてとりたるあとの月夜かな　雅人

そんな中、何とかして「柚」の後継誌をと、東の人と西の人を会わせる吟行会を神戸で開いたりしたが、十分な話し合いもなく、東京で先発誌がでた。渡りに船と言った感じだった。何も知らない西の人たちの多くはそこに入会した。私はしばらく口惜しさにとらわれていたが、神戸句会の人たちのために動かなければならなかった。二、三の俳句誌を見せたが、誰も関心を持たなかった。結局、神戸句会の人を中心に「との木」という小さな結社を発足させた。いわゆるジバン、カンバン、カバンといった三バンのない無鉄砲な出発だった。

それとは別に、ふらんす堂京都句会で一緒だった橋本シゲ子さんに頼まれ、竹中宏先生の句会発足（後に「竹の会」と命名）に出井さんを誘って参加した。その後、滝川直広さんが参加した。橋本シゲ子さんの退会後しばらくは世話役を務めた。竹の会は骨のある句会であったし、竹中先生は信頼できる人であった。また、平石和美さん、洲崎展子さんの句友を得たが、いよいよ母の介護に手を取られるようになり退会した。そして、出井さんの逝去などもあり、「竹の会」とは縁が切れた。ただ、竹中宏先生とのご縁は続き、何かと相談したり、学ばせてもらっている。

このように、私の平成の後半は、平成十八年四月『友岡子郷俳句３６５日』の刊行、同年八月、大井雅人句集『大坂上の坂』刊行、二十年十月中野澄子さん死去、十一月大井雅文先生ご逝去、二十一年「柚」終刊号編集委員、二十二年大井雅人先生句碑建立に関わり、同年十二月三日句碑開き、「とちの木」発足、「竹の会」発足に協力と東奔西走の日々であった。家にあっては、母の介護に手をとられた。バタバタと追い立てられる鶏のようだった。

かなり遡るが、平成十七年早春の田中裕明先生の追悼会で、満田春日さんに出会った。私は関東の人は苦手であったが、裕明先生から「満田さんは、文章が書ける人なんですよ」と聞いていたからか、初対面の印象は良かった。素敵な人だなぁと思った。それからしばらくして、満田さんから「はるもにあ」への原稿依頼があった。それが縁で「はるもにあ」に十九号から入会した。そして「玉手箱から」を連載させてもらった。有難いことだと思う。俳句を長く続けていると、思いがけない縁ができるものだとつくづく思う。「はるもにあ」には投句のみで役にたたないでいる。申し訳なく思っている。

東日本大震災発生

平成二十三年三月十一日、午後二時四十六分、三陸沖を震源とする大地震発生。マグニチュード8・8（後十三日に9・0に変更）と報道された。大地震であった。その上に、津波が発生し、福島原発炉自動停止等の未曽有の大惨事となった。パート先の職場のテレビに映し出される映像は現実とは思えなかった。男の人が「何やこれ、嘘やろ！」と叫ぶように言った。

この大惨事は「東日本大震災」と名付けられ、毎日のように報道された。私は街角の募金箱にわずかな寄金をすることしかできなかった。後日、「はるもにあ」の人たちと閖上へゴミ処理のボランティアに行った。閖上の海岸は月面のようで、周辺に建物は見当たらなかった。私たちはゴミ掃除をし、砂浜にお線香を立てて黙礼した。マイクロバスの運転手さんが「車に乗っていて津波にまきこまれ気を失いました。それで反って助かりました」と話された。そういえば、自動車が折り重なるように放置されていた。

車にも仰臥という死春の月　ムツオ

友岡子郷先生は奥様につき添われ、陸前高田に行かれた。津波にも流されず、ただ一本残った奇跡の一本松に祷りを捧げるためだった。

梅雨茫々孤身の松のしかと立つ　子郷
黙礼のすがたの孤松梅雨の中

この句を含めた第九句集『黙礼』は、第五回小野市詩歌文学賞、第六回みなづき賞を受賞している。『黙礼』のあとがきは心打つもので、ここに抜粋部分を記しておきたい。「このたびの三・一一東日本大震災は、福島原発の崩壊と放射能拡散をもたらし、子々孫々に及ぶ困難となった。その地で命を奪われた数限りなき人々のことを、難民とならざるを得なかった人々のことを、いとけない子どもたちのことを、私は堪えがたく思いやった。神戸での震災死の知己がまたしてもよみがえった。亡くなってしまった人々に、私は何も報いることはできない。一本の鉛筆を握って、黙礼の思いをこめて、ことばを書くほかはない」とある。阪神淡路大震災で半壊の被害に遇われ、知己を喪われた人のあとがきである。

平成二十七年二月二十三日、和田悟朗先生が亡くなられた。私が最後に和田悟朗先生に会ったのは、平成二十五年であった。大阪で開かれた「文學の森」の十周年記念パーティーに出たときだった。私はいつからか、そのような場に出るのが嫌になっていたが、その日は何故か行ってみたくなった。そして、私はそこで旧知の柿本多映さん、面識のある津川絵理子さんに出会った。お二人は、もう俳壇のスターだ。無名の私には遠い人になっていたが、お二人ともすぐに私を認めて下さり嬉しかった。

それにもまして嬉しかったのは、和田先生に会えたことであった。私は、ずいぶんご無沙汰をしていた。先生は、体調がお悪いのか椅子に掛けていられた。私がご挨拶すると「あんた、はるもにあというところに入っている?」と話しかけられた。先生は「はるもにあ」を読んでいられ、「玉手箱から」も読んでいられたのだ。「柳田さんのことが書いてあったから、あんたやと思った」と言われた。私が「柳田さんはいつも、私の俳句は吊し柿、蔕(へた)なりに固まっていると言うてはりました」と言うと、先生は大笑いされた。そして「あんたは偉いよ。いつまでも偉くならないのが偉い」

と言われた。私は褒められたのだろうか？

　和田先生との思い出は楽しいものばかりだ。先生は長く奈良女子大学の教授であったが、そのようなことを前面にだされることがなかった。誰に対しても真率であった。先にもふれた初心者教室においても、私たちの愚問に真直ぐに答えられた。「何でも聞いてください」と言われたとき、私は「先生は一度も貧乏をされたことがないって本当ですか」ととんでもないことを聞いた。先生は一瞬戸惑った様子だったが、「まぁ、そうです」と答えられた。

　先生に一度手紙のことで叱られたことがあった。先生は手垢にまみれた表現を嫌われた。それ以上に手垢にまみれた考えを嫌われた。また、私が文庫本を長い通勤の往復の電車の中で読むことが習慣になり、薄いものなら一日で読みきることを自慢していた。そのことをハガキの隅に書いたことがあった。そのときは返信がなくて忘れていた。先生は随筆家としても高名で、解りやすい文体でファンが多かった。そのエッセイ集『活日記』に、「往復の通勤電車のなかで、文庫本を読み終わるみたいなことは、それは読書ではない」と言った文が載っていた。それは私のことである。私も本当にそうだと思った。

先生は服装に凝ることがなかった。私は先生がネクタイを締められたのを見たことがない。ズック靴を履いていられた。それでいて、先生の品位は損なわれることがなかった。

先生は阪神淡路大震災で家屋倒壊の被害に遭われ、住み慣れた神戸を離れ奈良に転居されていたが、何かと神戸に来られることが多かった。偶然にそんな先生を見かけると、私は先生に膝カックンをかけたりした。また「あのボロ靴は？」と聞いたりと、嬉しくてバカなことばかり言ったり、したりした。それでも先生は笑っていられた。そんな私なのに、「雲母」誌に載った

夏 雲 の 大 き な 無 言 旅 の な か　　雅 子

の句を、角川の「俳句年鑑」の今年の秀句五句のうちの一句に選んでくださった。この句は川崎展宏の名で載り、すぐに抗議してくださった。謝罪文は、後日小さく載った。私はなるほどと思った。また、先生は私に関する記事がどんなに小さくても送ってくださった。そんな先生なのに、母のことを理由にご無沙汰していたことが、今更に悔やまれる。

和田先生の年賀状はつとに有名であった。ハガキいっぱいに、その年の句（もちろん先生の）が書いてある。先生の字は立派な下手うまであった。大きくふんわりとしていた。平成二十七年、ついに先生からの年賀状は来なかった。その前年にいただいた年賀状には、次の句が大きく書かれていた。

初明り山川ふるきまほらにて　悟朗

和田先生は随筆集『俳句文明』で「画家の秋野不矩さんはかつて、〈機械的な表現様式の集積ではなく、生きた自分自身の表現を生みたい〉と言った。このことは絵画だけでなく、俳句においてもそのまま当てはまるだろう。つまり、文化として俳句への志向が大切だ」と巻末に書いていられる。

時を同じくし、平成二十七年には「渦」が終刊した。遠くなっても、俳句の故郷が無くなったことは淋しくてならない。また、何かと思い出の多い、小泉八重子主宰の「季流」もその前年平成二十六年に終刊した。小泉さんは、令和二年六月八日に亡くなられたと村上はるかさんから聞いた。はるかさんは、今も私をはげまして下さっている。「渦」の句友は友というよりも仲間であった。そして今も仲間である。

紐キュッと、「とちの木」の人々

先にふれたように、私が雅人先生の句碑建立の仕事の多忙に日々を過ごしている間に、「柚」の後継誌として先発誌が発刊された。そこで私は「柚」神戸句会を中心に、小結社「とちの木」を創った。

結社誌「とちの木」発刊について後押しをしてくださったのは、田畑保英さんであった。田畑さんとは、田中裕明先生没後の「ゆう」の方々の句会で出会った。田畑さんから、「雅子さん、やってみたら？　印刷なら助けるで」と言ってもらい、その言葉に甘えた。そして、田畑さんを大阪深江に訪ね正式にお願いした。幸子夫人にもお会いした。夫人は、大石悦子氏に師事されている優秀な俳人であった。ご夫妻には印刷でお世話になるばかりでなく、適塾での吟行の折には、ご自宅を句会場に貸してくださり、夕食のご用意までしてくださった。

そうして、小誌「とちの木」は出発した。が、「柚」神戸句会で私を助けて下さった吉村武夫さんを亡くし、何かとお世話してくださっていた宮本日出子さんが退会された。また、ムードメーカーだった津田秋山さんも高齢を理由にやめられた。残ったのは阪神淡路大震災の折に入会した倉本勉さんと私ほか数名だけだった。「大丈夫や、一人の人が一人の人を連れてきたら、五人が十人になる。そこで三人やめても七人になる」と句友に励まされ、また田畑さんのお力も借りて、季刊誌として「とちの木」を遅刊なく出すことができた。「とちの木」の命名は、「柚」神戸句会が長く使用していた神戸市立勤労会館の前庭に大きなとちの木があったからであった。どことなく「神戸らしくないなぁ」との思いもしたが、誰かが「フランスではとちの木はマロニエですよ」と言ったことと、青々と葉を広げ日陰を作っているとちの木を窓にみて、最終的に結社名と俳誌名を「とちの木」に決定した。新しい出発はそれなりに大変で、私は「柚」時代よりも忙しくなった。が、近隣に住む勝部恵子さん、「柚」で一緒だった松本美佐子さん、「竹の会」で一緒だった信崎和葉さんなどの参加があり、また橋本シゲ子さんが片岡松美さん、松山善之助さんと一緒に参加された。そして、子郷先生が移転された明石の近所の池田德子さんが田底淳子さんと参加された。池田さんは、子郷先生の奥様から私の『友岡子郷俳句３６５日』をもらわれ、それを読んでの参加であった。池田さんはその後も川瀬敬子さん、正木理絵さんの入会に尽してくれた積極的な人だった。だんだんと人数も増えていき句会らしくなり、小誌ながら遅刊なく「とちの木」を出すことができた。

そうして、小さな光りが差しかけた「とちの木」三十号を迎える頃、田畑さんが病気になられ、最終的に印刷業を閉じられた。ここで私は「とちの木」を続けるべきか否かの岐路に立たされた。

しかし、松本美佐子さんはじめ、勝部惠子さん、片岡松美さん、池田徳子さん、田底淳子さん等の新しい仲間ができた「とちの木」を閉じることはできなかった。私はふらんす堂京都句会でご一緒だった市川薹子さんに、木下ブンセイ出版印刷を紹介してもらい、明石貴崎の木下さんを訪ねた。木下社長は女性であった。木下さんと会って、「とちの木」を続ける決心をした。「とちの木」を続けるにあたり、ただひとつ、卑しい俳誌にならないことを決めた。それは金銭的なこと、自分のおかれた状況を考えないことでもあった。

子郷先生に執筆依頼をと思うことはあったが、実行することができなかった。それは僭越なことと思っていた。先生は総合俳誌などへの執筆に御多忙と思っていた。事実、俳誌に子郷先生の名を見ることが多くなった。また、「とちの木」がもう少し俳誌らしくなったらと思ったりして遠慮していた。ところが、池田徳子さんが執筆のご了解をとりつけてきた。子郷先生の「俳句表現の基礎」は、平成二十六年六月発刊の二十二号から平成三十年三月までの四年間執筆していただいた。先生から「どうして自分で依頼しないのか」と叱られた。私は馬鹿正直にご多忙の先生の邪魔をしてはいけないと思っていた。私は「とちの木」創刊の折から、先生にご相談をし、甘えれば良かったのだろうか。

　この一件は、私にはかなりの打撃となった。やはり、月に何度も句会を共にしていたころに比べると、子郷先生にお会いすることもなく、いつの間にか距離ができていたのだ。そう思うと私は泣きたくなったが、母の介護に追われ、その上に弟のことがあり、その埋め合わせをする時間がなかった。私は、「とちの木」の会員さんとの距離も感じることもあった。句会後、話し合う機会もなく「とちの木」発刊の経済的なこと、雑事のことなどを話すことができなかった。時代のせいか、句会に対する姿勢も違っていた。それでも、いつか解ってもらえるだろうと自分に言い聞かせた。淋しさをかかえたままで帰宅することが多くなった。

子郷先生は平成二十九年九月に第十一句集『海の音』を出版され、翌年『海の音』で第五十二回蛇笏賞を受賞された。八木美代子さんから授賞式へ出席したとの電話があった。母にいよいよ介護の手がかかるようになり、蛇笏賞を得られたことを心から喜ぶ以外に、私は何もできなかった。悲しかった。

令和元年になってすぐの六月に母が亡くなり、その事後処理にあっと言う間に半年が過ぎ、令和二年になった。その一月の末にコロナウイルス上陸の報道があり、たちまちに感染が広がった。志村けんさんや岡江久美子さんのコロナでの死去が報じられた。今まで聞いたこともない怖ろしい疫病だった。私も感染予防のワクチン接種やマスク着用に努めた。外出も控えた。また、医療関係の方々のご努力や飲食関係の閉鎖などは報じられるたびに胸が痛んだ。私はコロナ禍の半年前に母を亡くしたことを幸いなことと思った。

コロナ禍は「とちの木」にも影響があった。句会を休み、通信句会となった。私はますます忙しくなった。コロナ感染が原因のこともあり、更にも、「とちの木」の会員が減り、垂水句会を閉じることになった。それでもコロナ禍を何とか乗り越えて、「とちの木」は遅れずに発刊している。それは会員の句作を怠らぬ努力と、多くの方のお力を得てのことと感謝している。

しかし、この人はと思う人の退会に、私はその度に打撃を受け傷ついた。そして、自分を責めるばかりであった。ここでは、松田紬さんとの死別と、高齢により退会された平岡千枝さんのことを記したい。

松田紬さんとは「柚」で知り合い、私はその生きざまに惹かれていた。大企業に勤めていた紬さんは友人に誘われて、たまたま観た演劇に感激し、大企業を辞め、その劇団に入団した。そして、荷車を押して地方公演に参加したという。その後もその生活を続けながら、茂山一門に狂言を学び、一門の公演に尽力された。私も豊中での公演に案内をいただき、茂山一門の狂言を楽しんだ。

人はさまざまで、「紬さんは極貧なのよ」と言う人もいた。私は貧しいことを悪のように言う人がいることに驚いた。私は女性の井戸端会議を憎んだ。紬さんはそんなことは無視されていた。紬さんには、自分を信じる強さがあった。私は自分を信じることを紬さんから学んだ。

紬さんは「柚」退会後、しばらく「努《ゆめ》」に、エッセイを書いておられた。「努」は岡井省二師系の俳誌であった。秋爽社の今木さんが関わっていたことで、毎号、謹呈を受けていた。一度だけ投稿したことがある。数年後、今木さんの「努」退会を知り、紬さんに「とちの木」へのエッセイ執筆を依頼したところ、快く承諾してくださり「洛中漫歩」が連載されることになった（第四号から十四号まで）。昭和の京都をテンポよく描いたエッセイは好評であった。紬さんはその現場へ連れて行ってくださった。「紬さん、どなたか俳句をやりたい人はいませんか？」と言うと、「私がとちの木に入ります」と言われ、それからは句会も吟行も休まれることがなく、吟行のあとには必ず、その感想を書いた礼状がきた。ときおり、二人で軽く飲み俳句の話をした。私は、俳句の話ができることが嬉しかった。

そんな紬さんが、平成二十六年四月二十一日に亡くなられた。三月の句会に無断で欠席されたので、私は住所を頼りに、はじめて豊中庄内の家を訪ねた。豊中の下町庄内は道が入り組んでおりかなり迷った。やっとお風呂屋さんの前の角の家が目に入った。そこが紬さんの家だった。偶然、弟さん夫妻がおられ、家の片づけをしておられた。私が挨拶すると弟さんは「お世話になっております。姉は入院しております」とその一部始終を話され、「姉も私も自由に生きました。姉とは気が合いました」と言い、目を伏せられた。その日は、紬さんが重体でお見舞はできなかった。後日、弟さんから、しみじみしたお手紙を頂き、その死を知った。

釣銭は銀貨いちまい秋の風　　松田　紬

水温むバレーシューズの紐キュッと

平岡千枝さんはベテランだが、ときには童女のような句を作られ私を驚かせた。千枝さんの母上道代さんは「雲母」の同人であった。「柚」にも参加されていた。いつだったか、「柚」関西合同句会にお二人で来られ、二次会にも残られた。お二人ともに美しい人だった。千枝さんは「雲母」和歌山句会からの誘いがあったのに、たった一度会っただけの私の呼びかけに応じて「とちの木」に参加してくださった。和歌山在住のため欠席投句であったが、休まれることはなかった。そして、記念会には必ず参加された。千枝さんは、大阪で会ったときより若々しくモダンな感じがした。高齢を理由とした退会であったが、残念でならない。

梅雨寒し手芸の店は宝石箱　　平岡千枝

木犀の咲き出したらし金曜日

「とちの木」は、コロナ禍をはじめとする困難を乗り越えて、令和六年四月で創刊から十五年目に入った。

愛しきは無名のわれら鳥渡る　雅子

令和になったんやで！

話は前後するが、令和元年六月四日、母が亡くなった。母は望んだとおり自宅で亡くなった。この年の四月、満開の桜を見せたが何も言わなかった。母は耳が遠くなり、訪ねてくる人も少なくなり、言葉を忘れていったのだ。毎年「きれいやなぁ、これが見納めかなぁ」と言っていたのを思うと、私は泣きそうになったが黙っていた。

五月になり年号が令和になった。「ばあびんこちゃん（母のこと）、天皇陛下さんが替わりはって、今日から令和になったんやで」と耳に口をつけて大きな声で伝えた。母は何度もまばたきをした。母は苦労の連続での大正、昭和、平成を生きぬき、令和を迎えたのだった。

その日（六月四日）、特に変わったこともなかった。いつものように朝食をとり、下の世話、身体の清拭に身をまかせた。ただ、いつになく穴のあくほど私を見た。私はハッとしたが、「悪い夢みたん？　そんな悪い奴は私がバンバンと追い出してやるわ」と母の手を夏布団のなかへ入れながら言った。母は幼い子どものように、恥ずかしそうに笑った。それが私の見た母の最後の笑顔だった。母は私がいつものように、投函のために、すぐ下のポストへ行き、帰って来るまでの間に、一人で亡くなった。私は亡くなったばかりの母を抱いて「死なないで！」と叫んだ。が、泣くひまはなかった。訪問看護ステーションの加藤美奈子さんに連絡し、万事（清拭、医師への連絡等）を仕切ってもらった。有難いことだった。

その後、葬儀社「風花」に葬儀全般を依頼、打ち合わせを済ませ、弟の施設に連絡し、弟に母の死に顔を見せることができた。そして、親戚に母の死を電話連絡した。親しくして下さるお隣の片山さん一家にも母に会ってもらった。また、何かとお世話になっている緑が丘の下田洋子さん、勝部恵子さんに連絡し、母に会ってもらった。その後、勝部さんに留守を頼んで、弟のために葬儀用の服装を買い、その足で弟のいる施設に買ったものを預け、葬儀のことを伝え、介護タクシーの手配をした。

家族葬の通夜には親戚が集まってくれ、新保康子さんの顔も見えた。母は中肉中背であったが、棺の中の母は一回り小さくなっていた。旅立ちに、私は最近買った紫の花模様のパジャマを着せた。

翌五日、呆然とだが葬儀万端をこなし、何事も「風花」にまかせた。風花の柿本さんが、最後のことを終え葬儀場を出ようとした私を呼び止めて、「川崎さん、ガッツ！」とガッツポーズをしてくれた。私は泣きそうになった。宍粟山崎で先祖代々の墓への納骨も済ませ、六日目には「とちの木」の句会に出た。

四十九日も過ぎ、母の物（ろくなものはなかった）を整理していて、アッパッパにマジックインキで「カワサキヤスヱ」と書いてあるのを見て、私は母の死後、はじめて声をあげて泣いた。母をショートステイにあずけるときには、着る物や持ち物に名前を書くことになっていた。ショートステイに行くとき、母はいつも淋しそうにした。もう二度と会えないというような眼で私を見た。そんなことが一気に思い出されて、頭が痛くなるほど泣いた。

母に淋しい思いをさせてまで、私は俳句を優先することがあった。そんなことが悔やまれ、「とちの木」を閉じることを考えた。しかし、母のこと、「とちの木」のことと、あとからあとから雑事があり、そのことをじっくり考えてみる時間もなかった。それで良かったのだ。私は単に「とちの木」を投げ出そうとしていたのだ。そんな無責任なことをせずにすんだのだ。コロナウイルス感染も下火になり、「とちの木」は山川太史さん、河崎弘美さんという有望な二人を迎えていた。

一方、私は母の死に背を押され、第三句集を出すことにした。そんな気持ちになったのは十七年ぶりのことであった。その間思い出はたっぷりあったが、句に自信はなかった。何とか三百句あまりをまとめた。迷ったが、子郷先生に見てもらうことにした。しかし、先生は体調が悪く草稿を送り返されてきた。先生は当時、寝たり起きたりと体調が悪く、さまざまな依頼を断っていられた。奥様が申し訳ないと謝られた。私は奥様のご苦労を思うばかりであった。奥様は真に友岡子郷の伴侶であった。賢いばかりでなく、優しいお人柄の人であった。この頃から子郷先生の句を総合誌で見ることがなくなった。

私の句集は亡き田中裕明先生が冗談半分に言われた『坐る』の名で、帯文をお世話になっている「はるもにあ」の満田春日主宰に書いていただき、令和二年八月一日に「ふらんす堂」より刊行された。私は一区切りすることができた。私は「はるもにあ」にこれから恩返ししなければならない。

私は自分でも驚くほど健康にすごしていたが、令和四年晩春、買い物に行った商業施設で転倒し肋骨を骨折した。幸いガードルで固定する治療で済んだ。その頃、私は寿賀義治さんのお力添えで、兵庫県の第六十九回「半どんの会文化賞」を受賞することに内定していた。私は授賞式のことでも多忙になっていた。「半どんの会」ではコロナ禍で授賞式は三年ぶりとのことであった。その夏、一時下火になっていたコロナ感染がぶりかえし、しかも授賞式が七月二十四日という真夏で、出席取り消しが続き、私はその変更をお世話役の方に何度も電話で伝えた。お世話役の方は、もっと大変だと思わずにいられなかった。私はストレスで胃腸をこわしてしまった。

しかし、東京から恵美多恵子さん、岡山から鬼野海渡さん、懐かしい西塚洋子さん、「とちの木」に「なにわ歳時記」を書いてくださっている高瀬裕夫さん、伊丹の「きさらぎ俳句同好会」の小早さんの出席があり、嬉しいことであった。もちろん寿賀義治さん、「とちの木」の倉本勉さん、勝部恵子さん、片岡松美さん、田底淳子さん、河﨑弘美さんの出席もあった。式は午後一時から湊川神社で行われた。その後、返礼として三宮に場を移し、「第一樓」での夕食会にも残ってもらった。それもコロナが影響してゆっくり出来なかったが、私はただ有難くその時間を過ごした。

その後は体調不良ながら大事にはいたらず、それなりに多忙に過ごしていた。そんな十月に入ってすぐ、今も親しく声をかけて下さる八木美代子さんから、友岡子郷先生が八月十九日に亡くなられたとの報せがあった。そのすぐ後に「俳壇」の本阿弥書店から、他の用件とともに先生の訃報と遺句集『貝風鈴』出版の話を聞いた。

子郷先生は二年余り前から介護施設に入っておられた。お会いすることはもちろん連絡もできなかった。私は昭和五十一年から、先生に私淑してきた。「雲母」「遠方の会」での直接の指導とは別に、私は私淑の思いで何かと先生の教えを句作の柱にしてきた。

先生は「椰子会」での長い活動を通し、また飯田龍太先生に師事する真摯な態度で、俳句に対する情熱を静かに示されてきた。そのことで、私たちに俳句を教えてくださった。そして、私にも多くの思い出を残してくださった。そんな子郷先生のご恩に報いるような句ができただろうかと、私は苦しんでいる。悲しいなどということで済まされない思いでいる。偉そうにいうつもりはないが、私は、苦しんでいる間は句を作るだろうと思っているし、作らなければならないと思っている。

子郷先生のことは、「俳壇」にその思い出を書かせていただいた。また「とちの木」五十六号（令和五年三月）にささやかな特集を組むことができた。日美清史先生、名村早智子「玉梓」主宰、寿賀義治さんに思い出を書いていただいた。そして、竹中宏先生の橋渡しで、「空の会」「大阪俳句史研究会」で先生の思い出を話す機会が得られた。有難いことであった。ただ、令和五年は二度の入院を経験し、不調のままに、十分に友岡子郷とその作品を紹介できなかったことが悔やまれる。

わが一生ヒヤシンスまた咲きそめぬ　子　郷

令和になり、西村逸朗さん、日美清史先生、黒田杏子先生が亡くなられた。「玉手箱から」は墓碑銘のようになってしまった。悲しみは大きいが、魅力的な方々に出会えたことに感謝せずにいられない。

最近、大阪俳句史研究会で有意義な仕事をしている杉浦圭祐さん、現代俳句協会で青年部長として活躍中の黒岩徳将さんの二人の若い俳人を知った。こうして、今も俳句を通しての出会いがある。私の知っていることが、少しでも役に立てばどんなに嬉しいだろう。時々、俳句を離れたくなるが、当分できそうもない。

寄り道をしながらの思い出語りに終始してしまった。皆さん方がよく御存じの子郷先生の「椰子会」のことなどは省かせてもらった。また、母のことは個人的にすぎると思ったが、母も私の俳句活動に大きな影響のあったこととして書かせてもらった。

そして、ここに書ききれなかった田宮尚樹さん、山崎正枝さんはじめ多くの方々にお詫びいたします。皆々様、ありがとうございました。

あとがき

私にとって俳句は喜怒哀楽の大きな器でした。『玉手箱から』は、そんな私の独り言です。私の五十年の記憶です。お会いした方々は、有名無名にかかわらず魅力的でした。

どなたも真摯に俳句に取り組んだ方々であり、取り組んでいる方々です。そんな方たちとの出会いが、私の宝石です。皆様ありがとうございました。書き残したことも多々ありますが、感謝とともに、私の玉手箱に蓋をさせていただきたく存じます。

末筆ではありますが「玉手箱から」を長く掲載して下さった「はるもにあ」の満田春日主宰に深謝申し上げます。また、ふらんす堂の皆様のお世話になりました。厚く御礼申し上げます。

令和六年七月

川崎雅子

著者略歴

川崎雅子（かわさき・まさこ）

昭和18年　兵庫県生まれ
昭和50年　「渦」（赤尾兜子主宰）入会
昭和57年　「雲母」（飯田龍太主宰）入会
　　　　　友岡子郷に師事
平成４年　「柚」（大井雅人主宰）入会
平成20年　「はるもにあ」（満田春日主宰）入会
平成21年　「とちの木」創刊、代表

句　集　　『歩く』『佇つ』『坐る』
随筆集　　『友岡子郷俳句365日』、『四季の窓辺』

現代俳句協会会員、兵庫県半どんの会会員、
大阪俳句史研究会会員、「とちの木」代表

現住所　〒655-0004　神戸市垂水区学が丘3-4-2-409

エッセイ集　玉手箱から　たまてばこから

二〇二四年一二月一日　初版発行

著　者――川崎雅子

発行人――山岡喜美子
発行所――ふらんす堂
〒182-0002 東京都調布市仙川町一―一五―三八―二F
電　話――〇三（三三二六）九〇六一　FAX〇三（三三二六）六九一九
ホームページ https://furansudo.com/　E-mail info@furansudo.com
振　替――〇〇一七〇―一―一八四一七三
装　幀――君嶋真理子
印刷所――三修紙工㈱
製本所――三修紙工㈱
定　価――本体二六〇〇円＋税
ISBN978-4-7814-1714-1　C0095　¥2600E